Magdalena Sadlon

Die wunderbaren Wege

Roman

Paul Zsolnay Verlag

ISBN 3-552-04923-1

Satz: Filmsatz Schröter GmbH, München
Druck und Bindung: Franz Spiegel Buch, Ulm
Printed in Germany

I

JAKOB FÜHLT SICH um die Reaktion auf seine Antwort geprellt. Wenn er um Auskunft gefragt wird, und er wurde gefragt, und wenn er Auskunft gibt, wenn er sich redlich, mit Rede und Regung, bemüht, dann geht er eine Beziehung ein. Seine Sätze sind präzise, seine Auskunft ist korrekt.

Das Gleichgewicht aus Information und Interesse, um das er sich bemüht, ist das Gleichgewicht seiner Tage. Jakob rechnet im Gleichgewicht: Hilfe, Dank. Und nachdem er sich redlich bemüht hat, rechts und links sagte, geradeaus und wieder links und einiges nachdrücklich wiederholte, a sinistra si?, und sich die sonst geläufigen Worte aus dem Körper gestikulierte, mußte doch dieser Mensch begriffen haben, daß er, Jakob, einer ist, dem die Kommunikation ein Anliegen ist. Auch fremde Menschen und fremde Kulturen, vor allem die. Das Fremde war ihm immer schon eine Herausforderung. Er will nicht verstehen, er will ES sich einverleiben, heimisch machen: Interesse, Information. Sein Gleichgewicht ist das eines Eichhörnchens. Er trägt alles zusammen, sein tägliches Leben, die Augenblicke, Wörter, er entfremdet unentwegt. Er liebt die Fremden. Er würde ihnen gern alles erklären, was Österreich bewegt, was ihn bewegt, auch wenn er regungslos auf sein Gleichgewicht achtet, bewegt er sich, auch wenn die Habsburger schon lange nicht mehr die Habsburger sind, bewegen sie die Menschen. So wie die Volksabstimmung über das Atomkraftwerk vieles bewegt hat, weil sie zum Stillstand führte. Er ist ein Kind dieses Landes, ein Sohn und Enkel, obwohl er eigentlich ein Enkel der Monarchie und ein Sohn des Dritten Reiches ist, aber es ist seine Stadt, die er täglich durchstreift, sein vollständig tägliches Leben, und die Geschichte der Stadt ist auch sein tägliches Leben, und davon kann er erzählen. Die vielen Dinge, die täglich gemeldet werden oder auch tatsächlich passieren, die er beim Kreuzworträtsellösen streift, sie verändern die Stadt nicht nachhaltig. Dinge geschehen, Dinge werden besprochen, und dann werden andere Dinge besprochen. Die Vorgaben sind tatsächlich nur Vorgaben, doch die Tage wollen besprochen werden. Die Stadt bleibt, er bleibt, und zusammen haben sie viel zu bieten.

Jakob hatte sich vor Monaten als Fremdenführer beworben, aber eine Anstellung hätte Schwierigkeiten für seine Frühpension mit sich gebracht. Also erzählt er sein Wissen in winzigen Bruchteilen den ahnungslosen Fremden, die nach der U-Bahn oder einer Straße fragend an ihn geraten. »Was wollen Sie bei der Virgilkapelle?! Wenn Sie bis zur nächsten Kreuzung gehen und dann einige Schritte nach links, kommen Sie …«, er könnte den Leuten einige Tips geben, nur Geheimtips, aber er sagt nur: »Follow me.« Er sagt es auch jetzt und schreitet mit festem Schritt voraus. Er hält seinen Regenschirm in die Höhe und ist entschlossen, bei der nächsten Quergasse von seiner üblichen Route abzuweichen und den Menschen zu dessen vorläufigem Ziel zu geleiten. Nur einen kleinen Umweg will er riskieren, den Weg an der Ulrichskirche vorbei lenken. Er mag die vier Heiligen, oben auf der Treppe zum Haupteingang, wie vier verirrte Fremde im Barockensemble der soliden Bürgerhäuser. Er möchte diesem Touristen zeigen, daß es durchaus üblich ist, Ehrfurcht auch vor Altbekanntem zu empfinden. Für ihn ist es üblich, und sein Eingeständnis macht ihn zufrieden. Er genießt es, empfindet ausschließlich für sich, für seine kleine Insel der Eichhörnchen. Wenn der Fremde dann doch vielleicht … aber vielleicht sollte er dem Menschen sagen, daß sie eine gute halbe Stunde noch …, man wird ja rasch unruhig, wenn der Weg zu lange das Ziel ist.

Jakob sieht sich um, lächelt noch breit über seinen Wortwitz, erwartet insgeheim ein Lächeln, einen kleinen Dank für seine Freundlichkeit. Dieser Mensch aber ist nicht mehr da, er ist ihm nicht gefolgt.

Jakob beschließt, betrogen wie er sich fühlt, selbst zum Ziel des fragenden Fremden zu eilen, ihn dort zu erwarten. Er wird ihn beschämen, gleichgültig und triumphierend zugleich. Er wird gleichgültig und doch triumphierend auf ihn zugehen und ihn nur schlicht grüßen. Der wird es schon verstehen, was Jakob ihm damit sagen will. In der Fremde aktiviert man viele sonst brachliegende Sensoren. Man entwickelt ein Vorgefühl für alle nur möglichen Erwartungen, die in einen gesetzt werden, damit man für einen verständnisvollen Besucher gehalten wird.

»Mit mir hättest du dir viel Zeit erspart«, wird er grüßen. Aber wahrscheinlich beeindruckt es den Mann überhaupt nicht, Menschen im Urlaub sind gleichgültig. Ihre soliden Werte fallen einer sonderbaren Großzügigkeit anheim. Übertriebenes Vertrauen, sogar Vertrautheit und lächerliches Mißtrauen, gar Verachtung, wechseln wie die Betten, die sie beschlafen. Sie sind beeindruckt, daß die Straßenbahnen so alt sind oder erst so neu, daß es überhaupt eine Straßenbahn gibt. So besehen bleibt alles in allem lohnend. Lohnend ist die Großzügigkeit und auch das Mißtrauen. Eigentlich kann ein Tourist aus der Fülle seiner Erwartungen, die auch enorme Kräfte mobilisieren, nichts falsch machen, auch wenn er sich einfältig benimmt. Darum sucht Jakob ihre Nähe. Äußerst zielgerichtet durchstreifen sie die fremde Stadt, und doch spielt die Zeit ebensowenig eine Rolle wie das Gesehene. Man will lediglich weg gewesen sein, weg von zu Hause, weg vom Alltag. Städtetourismus. Das war dem Mann anzusehen, seinem unruhigen, ängstlichen Blick, der sich die Wände hochtastet, um nicht das Wesentliche zu übersehen. Jakob hebt ein glänzendes Metallstück auf, ein plattgedrücktes Irgendetwas. Eingeklemmt zwischen zwei Finger hält er es zuerst vor dem Mund und bläst kurz, heftig, hörbar dagegen. Dann erst besieht er seinen Fund und läßt ihn anschließend wieder unauffällig aus der Hand gleiten.

Leider sind aber die Leute entweder zu jung oder zu alt, einundzwanzig oder einundsiebzig.

Jakob verliert im Gehen langsam das Interesse an dem Ausländer, die Stadt ist doch voll mit ihnen. Er biegt unbekümmert von der Route ab, die er vor kurzem so genau beschrieben hat. Alles ist austauschbar, alle sind austauschbar, und resümierend ergibt sich immer ein Zusammenhang. Links und jetzt noch einmal links. Eigentlich weicht er nicht von der Strecke ab, genaugenommen ist dies der Weg, den er beschrieben hat. Er geht in sein Frühstückscafé. Eine Melange und alle Kreuzworträtsel.

2

ALS STUDENT im zweiten Semester leistete sich Jakob seine erste Melange in einem Caféhaus. Unerfahren in den Gebräuchen solcher Lokalitäten starrte er verunsichert auf das Glas Wasser, auf dem ein kleiner Löffel lag, das ihm zum Kaffee gereicht wurde.

Der Besuch im Caféhaus sollte eine Belohnung nach einer Prüfungsserie sein. Jakob wollte sich keinesfalls angesichts dieser Zugabe eine Blöße geben, auch wenn es unwahrscheinlich war, daß er in dem halbleeren Café beobachtet wurde. Wenn man aber einer Situation Bedeutung gibt, in die man dann souverän hineinzuwachsen gedenkt, wird jede Handlung genauso wichtig wie die Wahl der Wörter, die fortan den Ausdruck dieser Bedeutung weiter tragen werden, durch das tägliche Leben. Ein junger Mann also, auf der ersten Sprosse zum Weltbürger, erwog die Möglichkeiten zur Benützung des nicht bestellten Gegenstandes. Er suchte nach der elegantesten Lösung, das war er seiner Zukunft schuldig. Zuerst aß er mit dem Löffelchen die Schaumhaube von seiner Melange, tauchte dann den Löffel ins Wasserglas und rührte um, gab dann zwei Stück Zucker in die Kaffeetasse und rührte nun in der Tasse um, um anschließend den Löffel wieder ins Wasserglas zu tauchen. Der Löffel war letztlich wieder sauber, und Jakob konnte ihn auf seinen ursprünglichen Platz, auf das Wasserglas, legen. Niemand würde erkennen, ob er den Löffel gebraucht hatte oder nicht. Die Wassertropfen würden bald trocknen.

Es waren Lehrjahre, und die Scham, die sich später über solche Episoden senkte, war das Lehrgeld. Unerwartete Dinge geschehen, und sie veranlassen unerwartete Dinge, ihnen zu folgen. Und obwohl diese unerwarteten Dinge unerwartet bewältigt werden, zeichnen sie die Art und Weise vor, wie sie sich fortan ähneln werden.

Jakob geht zuerst auf die Toilette. Auch die Gewohnheiten gründen ursprünglich auf unerwarteten Dingen. Wenn sie sich dann bewährt haben, den Tag behaglich zu strukturieren, werden sie zu sinnvollen oder liebgewonnenen Gewohnheiten. Aus seiner Jackentasche holt Jakob den Schlüsselanhänger, den er gefunden hatte. Eine Comicfigur aus weichem Plastik. Er wäscht sich die Hände, wäscht diesen Terminator ab, legt ihn dann aber an den Beckenrand.

Der billige Seifenduft seiner Hände mischt sich mit dem Geruch des nassen Fetzens, mit dem der Ober unter Jakobs Nase auf dem Tisch herumwischt. Früher oder später, aber doch immer und überall kommt ein Ober, um die Bestellung aufzunehmen. Und immer hat der Ober ein nasses Tuch in der Hand, das in seinem Tuchleben nie die Zeit zum Trocknen findet, und der Kellner wischt vor jedem neuen Gast diesen nassen Tuchgeruch auf, der ihm wahrscheinlich sein »Bitte sehr« und das professionelle Lächeln erleichtert, weil er den Gast im schlechten Geruch zurückläßt.

Jakob zündet seine Pfeife an, zum täglichen Mißfallen des Obers: »So früh am Tag, der Gestank«. Jakob leert in einem Zug das Wasserglas, das ihm der Kellner zur Melange serviert hat. Er löscht die peinliche Erinnerung an das umständliche Herumrühren, die immer noch in seinem Bewußtsein festsitzt. Das imaginäre Heft der Verfehlungen, das er bereits in seiner Kindheit angelegt hatte, nennt er »Poesie meines Lebens«. Er trägt viele Hefte in sich, er hat sich katalogisiert, er hat sich im Griff. Geschichten, traurige Geschichten, denn schon die Tatsache, daß sie sich ereigneten oder daß sie vergangen sind, machen sie traurig. Geschichten, über die zu sprechen müßig wäre, die aber weitreichend sind, weil sie passierten. Kleine, ungeduldige Würmer, die sich immer wieder ins Bewußtsein winden, einer nach dem anderen, aus dem Konglomerat heraus. Die Erinnerungen, als fette Maden im Hirn, die sich an der Gegenwart nähren. Ihr Zweck ist lediglich, daß sie besessen werden, weil alle sie besitzen, weil sie sich der Einzigartigkeit entgegenstellen. Deshalb schenkt man ihnen letztlich auch immer wieder ein Häppchen der Gegenwart. Denn der Glaube an die Einzigartigkeit verliert seine Faszination spätestens dann, wenn man mit der Angst vor der Eigenart konfrontiert wird. Wenn ein Gedanke Fleisch wird, noch bevor die Selbstverständlichkeit ihn durchwachsen hat.

Jakob ist zwar nicht die breite Masse, er gehört aber gern zur Mehrheit. Und wenn er bei Lichtermeer und Lichterkette oder wie letztens bei der Mahnwache mahnt, daß die Assimilationsträgheit, der Unwille sogenannter Außenseiter das eigentliche Problem ist, dann meint er ergänzend auch seine Melange. Es ist tunlichst zu vermeiden, in eine Situation zu geraten. Aber die Tage sind Situationen. Der beste Wille verändert die bedeutungsloseste Situation nicht, der beste Wille ist seit Jahrhunderten zum Scheitern verurteilt. Die Situation ist eine belebte Straße, die vorhat, eine belebte Straße zu sein, und der beste Wille wird höchstens zur Theorie herabgesetzt, zur schlechtesten Theorie, wie man sie auf die tägliche Weise einzubringen versucht. Der tägliche Wille orientiert sich an der täglichen Situation, und man kann das Innen mit dem Außen nicht verbinden. Jakob kann es nicht. Niemand kann es. Was hierauf folgt, ist die tägliche Fehleinschätzung. Wie sollte er es sonst verstehen, daß Menschen, die seit mehr als fünfhundert Jahren in Europa leben, Opfer von Attentaten werden. Jakob hat gelernt, sein Wasser zu trinken, aber diese Leute stecken seit Jahrhunderten nur unter ihresgleichen, und das färbt ab, oder besser noch, es nimmt keine Farbe an. Das Problem ist ja nicht die Hautfarbe, heutzutage sehen die meisten wie Mulatten aus, weil das Dynamik und Jugend suggeriert. Das Problem ist, daß diese Roma und all die anderen Zielscheiben der Gewalt sich nicht genug bemühen. Die Zeiten sind aggressiver geworden, man wirft nicht mit Wattebäuschen aufeinander, und das bedeutet, daß man sich neu orientieren muß. Eine mollige Perspektive gibt es nicht. Schon allein das Bemühen überdeckt auch die dümmsten Argumente, es besänftigt, er als pensionierter Lehrer weiß das, er hat sich oft genug täuschen lassen.

Und das sagte Jakob bei der Mahnwache, aus Sympathie und Goodwill, wie man sagt, und wurde frech attackiert von einem jungen Ding. Er solle den Mund halten, ob er denn keinen Respekt habe!

Als ob die Jugend noch wüßte, was Respekt ist. Ja, ja, das sind alte Hüte, aber sie werden wieder getragen. Er will nicht von sich reden, und außerdem waren zu seiner Zeit die Zeiten auch schon verlottert, aber sein Vater, der Schuldirektor, vor dem hatten sogar die Wände

Respekt, sie konnten zwar vor ihm nicht erblassen, aber nur weil sie sich nicht getrauten, vorher zu vergilben. Respekt ist eine allumfassende, makellose Angelegenheit. Alles stand stramm vor ihm. Die jungen Menschen heute gehen in irgendwelche Organisationen und holen sich dort Meinungen ab, sie werden frech. Aber das ist noch lange nicht das Leben, man braucht Erlebnisse, um sich Meinungen zu bilden oder um Vorurteile zu festigen. Jakob hatte immer seine eigene Meinung, und unter seinen Kollegen zählte er, würde wahrscheinlich immer noch zu den Fortschrittlichen zählen. Er hat sich nie um die Schwierigkeiten geschert, die ihm dadurch entstanden, er war einer der ersten, der für die Raucherzimmer war, er ist gegen Atomkraftwerke, gegen zu hohe Geschwindigkeiten, also was denn noch! Er hat immer die Roten gewählt, auch noch heute. Was wollte dieses junge Mädchen außer sich wichtig machen! Der einzige Unterschied zwischen ihnen ist vielleicht, daß sie noch Illusionen belästigen, aber das ist ihr gutes Recht. Sie muß die Poesie ihres eigenen Lebens durchleiden, und darum beneidet er sie nicht. Um den Weltschmerz, die Selbstfindung mit ihren engen Grenzen, bis man sich nach Jahrzehnten still auf die vielen kleinen Kränkungen zurückzieht, im endgültigen Kampf um das eigene Gleichgewicht. Interesse, Information.

Die Illusion ist der Kampfer der Jahre. Jakob kennt das, er hat fünfundzwanzig Jahre seines Lebens mit Jugendlichen gearbeitet, dieses Entweichen jahrelang in der Klasse beobachtet, bis zu seiner Frühpensionierung, und er selbst war ja auch einmal so.

Sein Vater hatte zwei Jahre lang kein einziges Wort mit ihm gesprochen, und Jakob hat den Respekt trotzdem nicht verloren. Aber das waren Meinungsverschiedenheiten unter Erwachsenen. Harte, gegensätzliche Meinungen prallten aufeinander, Sätze, die jeder verwendet, um das Gleichgewicht zu halten, seine Richtung, frei von Poesie und um so konsequenter. Die Konsequenz des Vaters beeindruckte ihn mehr als der Schmerz, den er hätte empfinden können über das Verstummen. Aber der Vater hätte sich nie auf eine Diskussion eingelassen, nicht einmal über die Französische Revolution. Für ihn zählten nur Fakten, die er den Flausen, wie er alles andere nannte, entgegensetzte. Sein Literaturunterricht hörte mit Thomas Mann auf, und bei ihm ließ er auch nur die »Buddenbrooks« gelten. Er hatte seine Prinzipien, und Jakob lernte sie erst spät, leider zu spät für ein letztes Gespräch, schätzen. Ein Mann braucht seine Prinzipien, Integrität, er kann nicht sein Leben lang wie ein Betrunkener von einer Grenze zur anderen torkeln. Richtung, Ziel und eine eigene Meinung. Die Gesellschaft hat sich zu einer Meinungsgesellschaft entwickelt, und Jakob empfindet sich als einen der Vorreiter. Die Meinung aber basiert nicht auf Zwischentönen und nonverbalen Signalen, die Meinung ist materialisierter Charakter. Um das zu verstehen, braucht man Hartnäckigkeit und Prinzipien.

Der Mensch ist ein geschlossenes Instrument, ein Schnellzug, seine Existenz schreit förmlich nach der Notwendigkeit von Richtung und Ziel. Das Leben ist nicht Tagespolitik. Das Leben ist ein Gleichgewicht von Sätzen, die plaziert werden wollen. Das zielgerichtete Handeln festigt den Weg, eines ergänzt das andere, die Zweifel werden in die Schranken verwiesen, der Panzer aus Prinzipien erweist sich als eine Rodelbahn, ein sicherer, schneller Weg mit hohen weißen Wällen. Hier ist das Leben gut aufgehoben. Prosa. Keine Schnörkel. Das Alte und das Neue Testament, keine beliebige Abfolge. Die klare, reine Schrift der Sinnhaftigkeit, wenn man so will. Prosa des Lebens. Tacheles.

Und dann kommt so ein halbes Kind und spricht einem vom Respekt vor fremden Kulturen! Ihm, Doktor Jakob Sagmeister, der seine Dissertation über den Kirchenbau in der byzantinischen Kunst geschrieben hat! Ihm, dem Byzanz zur zweiten Heimat wurde! Ihm den Respekt abzusprechen ist mehr als lächerlich.

Aber bitte, wo haben die Zigeuner ihre Kirchen?! Gut, sie sind katholisch, aber sie haben auch das Sprichwort: »Man kann das Kreuz über uns machen, aber den Segen geben wir uns allein.« Autonomie ist schön und gut, aber die tägliche Wirklichkeit gibt das aufeinanderfolgende Geschehen vor. Rede, Gegenrede. Er meint es nicht provokant, er weiß, daß kaum ein Volk so mißverstanden, so romantisiert und so gedemütigt wurde wie die Zigeuner. Aber wie soll man sie denn verstehen? Wo kann man ihre geistige Tradition nachvollziehen, sie sehen? Wohin kann man gehen, um den schwindelerregenden Puls der Ehrfurcht im Hals zu verspüren und sprachlos zu werden. Sogar die Juden, die zu zehnt schon ein Gebetshaus bilden, haben ihre Synagogen. Die Roma, man sagt ja nicht mehr Zigeuner, und die Sinti tragen angeblich alles im Kopf, die Sprache und die Tradition. Es ist aber für Jakob nur ein Wissen darüber, daß sie ein Wissen hätten. Ein Wissen um die Sache; ihr Wissen und Fühlen und Denken ist ihm nicht zugänglich. Wissen heißt, alles zu wissen, aber über sie weiß er nichts. Und das ist ein Problem; es ist nicht genug!

Sie bauen sich vielleicht ein Kulturzentrum, und das sieht dann aus wie ein Supermarkt oder eine Garage, das kann doch einem Kulturmenschen nicht genug sein. Respekt vor fremden Kulturen! Natürlich zählen die geistigen Werte, aber sie müssen sich manifestieren, das Wort wird Stein, Ziegel und Holz. Wir sind schließlich Menschen, und wir müssen die Dinge sehen, heute mehr als zu jeder anderen Zeit. Unsere Zeit ist den Gegenständen und dem Besitz geweiht, und Gegenstände machen den Besitz, und der Besitz zählt, und das ist der Grund dafür, wieso ein Gegenstand auf den anderen folgen muß, um schließlich etwas darzustellen, etwas, das man mit Worten nie bewirken könnte. Das ist auch der Grund, wieso fortgesetzt neue Gegenstände erzeugt werden. Auf die Tagesmühen wird eine Belohnung ausgesetzt, und wir müssen die Dinge besitzen, angreifen. Die Hand bestätigt den Gedanken, wir brauchen das.

In Mesopotamien hat Jakob dreißig Klöster angegriffen, mit der ausgestreckten Hand umkreiste er sie alle, teils über unwegsames Gelände. Erst dann ist er eingetreten, erst dann hat er seinen Augen und seinem Geist das Innere eröffnet, alles in sich aufgenommen. Worte, Sätze, Absätze, alles wurde neu geboren, und trotzdem fand seine Sprache keinen Ausgang. Was weiß diese junge Frau schon davon!

»Erzählen Sie mir etwas über Mesopotamien!« Da würde sie lange schweigen über fremde Kulturen, bis zum erlösenden: »Setzen, nicht genügend!« Frech ist sie, ohne Respekt, halten Sie den Mund, hat sie gesagt, und: »Seien Sie doch froh, daß nicht alle Menschen so sind wie Sie.«

3

Als Junggeselle ist Jakob die aufmerksame und zuvorkommende Behandlung durch Frauen gewohnt. Sie haben das Umsorgen und Umgarnen im Blut, sozusagen zwischen den weißen und den roten die sozialen Blutkörperchen. Man muß ihnen das Kümmern ermöglichen, und sie bedanken es mit weiterer Fürsorge. Die Verkäuferin, die nie vergißt, »vorsichtshalber« einen zweiten Plastiksack über seine Ware zu stülpen, »sicher ist sicher« sagt und mütterliche Güte verströmt; die Nachbarin Freudensprung, die einen Gugelhupf vorbeibringt, eine gelbe Zahnreihe zwischen die dicken Wangen preßt und sich in den Hüften wiegt auf ihren krummen Beinen. Jakob sieht interessiert zu ihr hinunter, wie man vielleicht eine Raupe beobachtet, die ohne Selbstgefühl ein Leben lang dieselben Bewegungen vollführt. Ihre Haut ist alt und gelb, sogar ihre Stimme ist gelb, sie setzt sich aus Tönen zusammen, die für Jakob außer Reichweite liegen.

Die Frauen, überlegt Jakob, bieten den Männern gern ihre Beine als Klettergerüst an, weil es sonst zwischen den Geschlechtern keinen Dialog gäbe. Rapunzel ließ noch ihr Haar herunter, heute würde auch sie wahrscheinlich den Rock in die Höhe ziehen. Denn der Männerblick fällt zuerst zu Boden vor jeder Frau, er besieht den Boden, den er zu küssen bereit sein wird, erfaßt die Frau bei den Schuhen und hantelt sich langsam an den Beinen hoch, wie auf Seilen, oder er fährt zügig wie ein Rammbock die Auffahrt hinauf. Kaum hat er die Knie hinter sich gelassen, spitzt sein nun aktiviertes Reptilienzentrum automatisch die Lippen, und dem Körper entfährt ein Pfiff. »Leute, es tut sich was«, pfeift er, denn was die Frau zwischen den roten und weißen Blutkörperchen hat, hat er zwischen den Beinen, und jedes Rühren und Aus-dem-Takt-Schlagen wird mit einem Röhren oder Rülpsen kundgetan. Aber da will Jakob sich nicht in dieselbe Reihe stellen. Nicht, daß er den einfühlsamen Blick in die Augen vorzieht, er hat genug eigene Probleme, muß sich nicht auch noch in andere einfühlen. Jakob hat bloß die Möglichkeit an eine Verständigung jeglicher Art längst vergraben. Er ist zwar ein passionierter Zuhörer, aber mit Verstehen hat das nichts zu tun. Egal, ob man die Sache von den Beinen aus angeht, intellektuell, oder sich mit einem anderen Vorwand nähert, die Wahrheit ist, daß nach dem Nestbau nur die Kurzfassung – außer Vögeln nichts gewesen – übrigbleibt, gleichgültig, wie lange sie andauert.

Jakob neigt sich zur Seite, als würde er eine Übung für Rückengymnastik beginnen, und betrachtet unauffällig die Beine der Nachbarin, die unter dem Gugelhupf tänzeln. Die Füße stecken in Fellpantoffeln und haben die Erotik eines Fußbades, die Venus steht nicht in der Muschel, sondern im Lavoir.

»Stellen Sie sich vor«, sagt sie bedeutsam, und die Zwischentöne suchen klebrig nach seiner Neugier. Die Frauen reden immer so, Jakob lächelt erfahren, sie versuchen hartnäckig eine nicht nacherzählbare Stimmung wiederzugeben und ersticken dabei das Wesentliche im Wortschwall der langwierigen Beschreibungen. Statt: »Ich kam, sah, und dann ging es vorüber« sagt die Frau: »Ich wollte gerade weggehen, bemerkte aber noch rechtzeitig eine Laufmasche. Und dabei, das kann ich ruhig sagen, waren das keine dieser billigen Strümpfe, die man überall kaufen kann. Ich gehe also wieder zurück zum Kasten, und das müssen Sie sich vorstellen, ich war doch enorm unter Zeitdruck ...«

Aber wenn jemand spricht, hört Jakob automatisch zu, mehr oder weniger. Er ist ein Meister des Zuhörens, er ahnt bereits am Ausdruck, wer was zu erzählen hat, und immer findet sich einer, der etwas erzählen muß. Kaum geraten die Menschen aneinander, schon erzählen sie. Der Drang zu erzählen ist viel stärker als der Drang zuzuhören, obwohl sie trotzdem stundenlang vor ihren Fernsehapparaten sitzen. Wenn sie dann aber für Augenblicke aneinandergeraten, erzählen sie, was sie in den Fernsehapparaten gehört und gesehen haben. Jakob wird es nicht müde, die Menschen zu Mitteilungen aufzufordern, zu kleinen persönlichen Eingeständnissen. Er schaut und schweigt, und wie durch einen sich öffnenden Staudamm stürzt das Gegenüber ihm entgegen. Ein tosender Wortschwall, der den Erzähler selbst mitreißt, verleitet ihn nicht selten zu Zugeständnissen, die vor einem flüchtigen Bekannten, wie es Jakob immer ist, sich unpassend ausnehmen. Immer wieder hat Jakob beobachtet, daß ein kurzes verlegenes Schweigen die Menschen entfesselt. Sie erzählen und beichten und schildern und erörtern, und je länger er schweigt, desto zutraulicher und intimer werden die Äußerungen, als wollte man ihm zumindest ein »Das gibt es doch gar nicht!« entreißen. Jeder hat seine Geschichte, und die will erzählt werden. Und in einer Zeit, wo nur das Nicht-mehr-zu-Steigernde oder Skandale Beachtung finden, wird man leicht verleitet zu glauben, daß unglaubwürdig ein Synonym für verwegen ist. Aber bei Jakob darf jeder seine Geschichte abgeben, und bereitwillig breiten und längen sich die Berichte, wie einer sein Leben lebt, wie er seinen Tag beginnt, wieso er hier und nicht anderswo einkauft. Jakob kennt die Bedürfnisse der Menschen, der Frauen, die zu mehr Dankbarkeit begabt sind als die Männer. Jakob sammelt Reden. Mit ungeteilter Aufmerksamkeit hört er zu, oder er hört auf seine Kommentare, die sich gleichzeitig in seinem Kopf auf- und abrollen. Seine Gedanken und Urteile werden schließlich erwartet. Daraus schöpft er natürlich die Kraft zu schweigen, daß auf irgendeine Erzählung seine Schlußfolgerung kommt. Synchron bereitet er während der Ansprache seinen Befund vor. Seine Diagnose erstellt er aus dem Zuhören, dem Sehen, Denken, Riechen. Obwohl das Riechen zu prosaisch ist. Der Geruch hält ihn entweder auf, oder er treibt ihn fort. Gegen Gerüche sieht er keine Möglichkeiten, sie sind wie Tag und Nacht, er hat nicht das mindeste, das er ihnen entgegensetzen könnte. Gerüche drängen sich auf, schleichen sich ein, sie haben die schnellste Verbindung von der Wahrnehmung ins Gehirn, haben einen speziellen Kanal zur Fäulnis der Erinnerung. Und alle Gerüche sind alte Gerüche, mit Geschichte und Vergangenheit. Sie dringen bis zu der Wiege des Lebens vor, und man kann sie nicht in Worte fassen und in Hefte ablegen; sie dringen in den Körper ein wie ungezügelte Begierden oder Ekel. Das Riechen ist ein zutiefst weiblicher Sinn, weil er sein Denken irritiert. So erklärt sich Jakob gern das Fremde, aber es bleibt beunruhigend.

Die Beine der jungen Frau von der Mahnwache fallen ihm wieder ein.

Zunächst dachte er, sie hätte vergessen, den Rock anzuziehen. Das war es auch, was sein Reden zu Verwicklungen führte. Ihre Unachtsamkeit war ihm peinlich. Er könnte jetzt nicht mehr genau beurteilen, ob er sie auf ihre Provokation auch klar aufmerksam gemacht hatte. Frauen haben die Unart, durch Ignoranz eine Situation zu verfälschen. Sie hören lieber nur die Dinge, auf die sie eine Antwort haben, und weil sie beim Reden, Schreiben und sogar beim Lesen die linke und die rechte Gehirnhälfte gleichzeitig verwenden, sind ihre Äußerungen oft so provokant. Die Männer, die sehr wohl Geist und Körper zu trennen verstehen, werden von den Frauen hin und her gerissen, verleitet.

Wenn eine Frau ohne Rock in einer Menschengruppe auftaucht, dann ist zu erwarten, daß sie auch die Intimsphäre anderer mißachtet. Manche Schülerinnen versuchten, durch zu kurze Röcke eine Vertraulichkeit in der Prüfungssituation zu schaffen. Sie verrenkten sich, schrieben auf den Zehenspitzen stehend ihre Antworten in die oberste Ecke der Tafel. Sie lächelten neckisch, kicherten, prusteten kehlig gegen die Tafel. Er wußte, daß die Röcke und das Prusten mit ihm zu tun hatten, aber er wußte nicht, was es mit ihm zu tun hatte. Ihre Bewegungen hatten Gewißheit, ihre Bewegungen kannten bereits eine zu erwartende Reaktion, und er erkannte die Bewegungen als untrügerisches Zeichen ihrer einsetzenden Pubertät. Der Körper, der sein strotzend ausschlagendes Wachstum langsam auszugleichen beginnt, ist schneller am Wort als der Gedanke. Er buchtet sich aus und sucht sein Gleichgewicht in der Provokation. Der Körper lernt seine Vokabeln, den weiblichen Jargon. Bei den Großmüttern war es schon so, es wird immer so bleiben. Und dann wundern sie sich, wenn man insgeheim Huren denkt.

Jakob schätzt im Grunde das tägliche Erproben der Reifwerdung, aber er hat keinen verkümmerten Penis, wie es einmal an der Tafel geschrieben stand. Zugegeben, sein Sexualleben ist nicht triebhaft ausgeprägt, aber die Existenz eines sentimentalen Fühlens ist ihm durchaus bewußt. Die Menschen sind verschieden, die Bedürfnisse sind verschieden. Und trotzdem, weder Männer noch Frauen rühren an ihm, alles ist ihm bloß menschliche Semantik, nicht mehr.

Er gebraucht seinen Körper ausschließlich zur Lebensmittelmetamorphose. Das gefällt ihm. Er kauft gern ein, er wirtschaftet gut, unzählige Male brachte er das Lob über seine Sorgfalt samt den Besorgungen mit nach Hause. Er ißt gern, er kaut leidenschaftlich gern an jedem Bissen, er scheidet gern aus. Das sind Vergnügen, die zu haben notwendig ist. Er hat ein Gefühl für das Geschriebene und für das Gesprochene. Die Anzahl der Gespräche macht erfolgreiche und weniger erfolgreiche Tage aus. Seine Biographie gliedert sich nicht nach bedeutungslosen Ereignissen, in die seine Arme, Beine oder sein Geschlechtsorgan involviert wären. Körperliche Anstrengung jeglicher Art ist ihm widerwärtig. Bei seinen Streifzügen durch die Stadt meidet er Grünanlagen und größere Parks, um nicht auf schwitzende Körper zu treffen, die meist von zu engen oder zu kurzen, aber immer von unpassenden Kleidungsstücken enthüllt werden.

Sein Kollege, ein gewisser Geistberger, Sportlehrer und Organisator aller sportlichen Veranstaltungen der Schule, vom Schikurs bis zum »Lehrerkicken«, und Direktorstellvertreter, betonte auch immer alles, was bedeutungslos und wesenlos war. Sein Zweitfach war Altgriechisch, da er aber nie genug Schüler fand, verkümmerte jede geistige Anlage in ihm. Zugegeben, zuweilen braucht auch das ausgewuchtetste Gewicht sein Publikum, aber es gibt nichts Großes, das ohne Fessel auf einen einwirkt.

Geistberger trug immer bunte Trainingsanzüge, vermittelte dadurch eher die zum Leben erweckte Zeitungsanzeige griechisch-römisch, so daß man nie wußte, ob seine Freizeit beginnt oder aufhört. Er war uferlos. Er kannte weder Anfang, Mitte noch Ende. In seiner Gegenwart mußte Jakob höllisch aufpassen, damit seine ausgeprägten Grenzen nicht ins Schwanken gerieten.

Alles hat einen Anfang, eine Mitte und ein Ende. Die Tage, Jahre, das Leben. Man kann nicht die Augenblicke vor die Gesetze stellen. Epochen haben das bewiesen. Jakob ist beeindruckt und beeinflußt von der Tatsache, daß jedes Ganze in seine Teile zerfällt und daß es möglich ist, die Teile unendlich zu teilen, um letztlich in jedem Teil Anfang, Mitte und Ende zu finden. Geistberger aber schien das egal zu sein. Er war immer auf dem Sprung, auch wenn er saß, er war immer bereit, der natürlichen Abfolge vorzugreifen. Groß, durchtrainiert, sehnig. Er war nicht athletisch, eher leptosom. Aber sehnig. Und sagte Geistberger: »Ich bin selig darüber …«, er war ja immerzu selig über etwas, wohlgemerkt nicht beseelt, dann verstand Jakob: »Ich bin sehnig.« – »Ich bin sehnig, daß der Direktor endlich die zweite Handballmannschaft bewilligt hat.« Und seine Nackenmuskeln oder Sehnen sprangen voll Wonne vor und zurück. Einfach so. Völlig entspannt. Wenn Jakob es vor dem Spiegel nachzuahmen versuchte, verzog sich seine Unterlippe zu einer Geraden, und das Kinn wurde flach und breit, wie die Oberfläche eines Krapfens. Jakob ist nicht sehnig, er ist zwar dünn, schlank und auch groß, 183 Zentimeter ohne Socken, aber er empfindet sich selbst als ein bißchen teigig. Im Vergleich zu Geistberger.

Man mußte wirklich auf der Hut vor diesem Kollegen sein. Seine kurzen, schnellen Bewegungen, der Körper leicht nach vorne gebeugt, als wollte er immerzu an etwas vorbeidribbeln, hatten etwas Listiges an sich. Jakob war auf der Hut. Einmal in der Woche mußte er eine seiner Freistunden mit ihm teilen. Sie saßen einander im Konferenzsaal schräg gegenüber. Jakob saß, Geistberger lauerte. Immer wenn Jakob ihm Gelegenheit bot, weil er unvorsichtigerweise von seiner Lektüre aufsah und Geistbergers Blick traf, war dieser bereit, seinen Blick zu erwidern. Er tat ja nichts, er lauerte, um sich anschließend über Zustände jeglicher Art zu erregen. Interessant war das nur für die, die Interesse daran zeigen, wie Gespräche nicht geführt werden. Geistberger war immer erhitzt, er stürzte sich auf die Aufmerksamkeit seines Gegenübers, warf mit unbedachten Argumenten um sich, stieß eine Fülle von Worten hervor, triumphierte über die Vernunft, besiegte Jakobs Widerstandsfähigkeit. Der Mann ging immer so vor. Anfangs ließ sich Jakob täuschen, er setzte Geistberger zuliebe Anfang, Mitte und Ende gleich mit Start, Kampf und Sieg. Auf die Dauer aber war der Vergleich unhaltbar. In der Argumentation war jener nämlich äußerst sprunghaft. Wie ein Sportreporter, der es immer schafft, aus etwas Banalem Banales zu machen. Die Sache bleibt die

Sache, nur daß sie mit Patriotismus und hastig hervorgestoßenen Berichten angereichert wird, als könnte man auf diese Art der Erde einen Peitschenhieb versetzen. Die Strategie, die Abfolge seiner Ansichten und nicht der Tatsachen waren ihm wichtig. Der Inhalt hatte keinen. Seine Stöße hatten weder Kopf noch Fuß, er erzählte Witze, und das Pathos, das er anstatt der Präzision verwandte, war das eines Retters ohne Bedürftige. »Wenn ich was zu sagen hätte ...« Die Möglichkeitsform, die dieser Mann der Tat unpassend seinen Ausführungen voranschickte, betonte nur seine Ohnmacht. Jakob wurde immer ratlos nach solchen Zusammentreffen, und er gruppierte diese Unzulänglichkeiten unter den Begriff Sport.

Deshalb, ein Mensch ist die Summe seiner Erfahrungen, macht er einen Umweg um den Augarten, meidet den Prater, betritt nur zögernd den Stadtpark. Die Kleingeister und Vollidioten existieren nur, wenn man ihnen die Chance gibt, sie zu sehen.

Wenn ich was zu sagen hätte, denkt sich Jakob in die Rolle eines Sozialutopisten, ich würde die Forschungsgelder vervielfachen. Vermillionfachen. Es müßte doch möglich sein, den Menschen das Gefühl einer zeitweiligen Entkörperung zu vermitteln. Die Mannwerdung müßte man entkörpern! Den Wendepunkt, die Mutprobe, die üblicherweise mit körperlicher Fertigkeit einhergeht, Tüchtigkeit, man spannt den Bogen, um einen Eber zu erlegen, stürzt sich von einer Klippe ins Meer, oder man ficht in urbanisierter Form eine Mensur. Man müßte ein neues Ritual zur gesellschaftlichen Reife schaffen. Denn wozu muß der Städter durch ein Feld robben können?! In der Stadt dient der Körper hauptsächlich der Bekleidung, die man sich leisten kann, zur Demonstration der Gesinnung. Zur Körperbeherrschung braucht man keine Judogürtel oder Thai-Chi, es ist vollkommen ausreichend, den Körper bei einer roten Ampel zum Stehen bringen zu können.

Jakob erkennt die Bedeutung, die mögliche Tragweite seiner Gedanken, er bläht seine Nüstern, die Augenbrauen schieben sich vor, verdunkeln die Augen wie Markisen. Schwierigkeiten hat er nie gescheut. Er verweilt in seiner Konzentration, die Spannung fährt ihm in die Wirbelsäule, er richtet sich in seiner vollen Größe auf.

Alles nimmt er in Kauf gegen die Dummheit. Er duldet keine Dummheit. Nachlässigkeiten, Versäumnisse, nicht gemachte Hausübungen, alles ist entschuldbar. Nicht schmeichelhaft, aber entschuldbar. Dummheit jedoch ist beleidigend, sie bedeutet vor allem Hoffnungslosigkeit, weil sie letztlich nicht eine Geistesschwäche, sondern eine Charakterschwäche ist.

Die Nachbarin Freudensprung schaut ihn fragend an.

»Sie sollten ein Buch darüber schreiben«, sagt Jakob schnell, »doch doch«, setzt er nach, noch bevor sie ihre schwache Abwehr zu Koketterie steigern kann.

4

Jakob betrachtet sein Gesicht im Spiegel, wie es wieder glatt geschabt wird. »So sehen mich die anderen.« Es hat nie seiner Vorstellung von sich entsprochen, wenn er sich im Spiegel erblickte.

Freundlich, besänftigend sieht er sich zu im Spiegel, möglichst neutral, kritisch nur die Details ins Auge fassend. Hauptsächlich ist er bemüht, sich ausdruckslos im Blick zu halten. Der direkte Augenkontakt, der nicht mehr enthält als das Betrachten einer Mathematikaufgabe, soll letztlich nur ein kumpelhaftes Bestärken sein; denn es gibt nichts Auswegloseres als ein Spiegelbild, und die Stimmung der Betrachtung ist immer nur das Eingeständnis, einander nie zu entkommen.

Er drückt die Lippen ein wenig vor. Immer wollte er vollere Lippen haben, aber so vorgeschoben geben sie ihm einen trotzigen Ausdruck, und der ist der letzte, den er sehen lassen möchte. Dichtes Haar, dunkle Augen, volle Lippen, mehrere dynamische Lachfalten die Wange entlang, ein energisches Kinn, das hätte er gern. »Wie Sie meinen«, würde er immer wieder sagen und die Wangen in charmante Falten legen. Jakob beobachtet, wie die tiefe Falte, die seine linke Wange durchschneidet, seine markanteste Linie, gerade sorgsam freigelegt wird. Es ist eine Rille von der vorderen Wangenmitte hinunter, die sich erst unter dem Kinn verliert.

Nein, leichtgläubig sieht er eigentlich auch nicht aus, obwohl er sich soeben von einem zukünftigen Autohändler rasieren läßt. Ein Drittel der westlichen Welt lebt direkt oder indirekt vom Auto, und nun sucht auch sein Frisör, sich dieser Mehrheit anzuschließen.

»Ab nächstem Monat steige ich bei meinem Bruder ein. Dann ist endlich Schluß mit den Haaren.«

Jakob mißfällt es. Im letzten Jahr mußte er sich einen neuen Augenarzt suchen, sein Hausmeister wurde ausgewechselt, der Briefträger ist neu und bringt die Post um ganze zwei Stunden später als der alte, weil er eine andere Strecke geht, und jetzt auch noch der Frisör.

»Die Unverläßlichkeit ist die Krankheit unserer Zeit«, stellt Jakob fest. Der Frisör lenkt mechanisch das Gespräch auf Krankheit und Unverläßlichkeit und rasiert weiter.

Die Zeit der Ruhe, in die Jakob als Pensionist eingetreten ist, erweist sich als eine Zeit der Veränderungen, der Suche. Detektivarbeit. Umstellungen, neue Gesichter. Jakob ist das lästig. Seine Umgebung sollte stabil sein, ein Zentrum, das er für seine Abenteuer verläßt, ein Zentrum, das beständig bleibt. Er braucht keine Abenteuer im Zentrum, in seiner Mitte. Die Unbeständigkeit in der Routine benötigt viel Kraftaufwand. Wenn das Bedeutungslose sich verändert, wenn die Gewohnheit an neue Ansprechpartner delegiert wird, wird auch die Basis nachhaltig erschüttert. Das alles ist mühsam, unnötig und ineffizient. Wenn nur mehr altbekannte Irritationen verläßlich bleiben, so ist das kein wirklicher Trost.

Denn verläßlich bleibt anscheinend nur die alte keifende Neubauer, die auf dem Kirchplatz steht, braun gekleidet, verrückt. Sie bewegt sich einige Schritte vor, einige wieder zurück, ihr Wesen unter einem ausgebeulten Mantel verborgen, die Strickhaube ins Gesicht gezogen. Geschlechtslos ist sie unter den Jahren geworden, formlose Masse die ganze Kreatur. Jakob grüßt ausgesucht freundlich, holt die alte schimpfende Frau kurz aus ihren Tiraden. Er läßt sich nicht beschimpfen, auch wenn er weiß, daß sie nicht ihn meint, sondern alle und alles. Sein Gruß immunisiert ihn, er stellt ihn heraus aus ihrem Bannkreis. Die Sätze, die ihrer Person entweichen, sind Anrufungen. Sie erzählt nicht, sie fragt nicht, sie sprudelt. Sie folgt irgendeiner Beobachtung mit Worten, sie schafft Sätze, die nicht existieren, sie verfolgt die Sekunden mit ihrem Wortschwall, es ist ein Amoklauf der Silben. Die Verdrossenheit rast in ihrem Kopf, sie kreischt ihre Schimpfwörter höhnisch heraus, die wie Holzsplitter und Sägespäne in alle Richtungen stieben. Wie eine mächtige Häckselmaschine, ein Gartengerät Gottes, steht sie breitbeinig am Pflaster und häckselt ihre Eindrücke und Gedanken zu wirrem Abfall. »Sie müssen unten einen Sack zum Auffangen befestigen«, will Jakob ihr immer raten, damit die Splitter nicht so herumfliegen. Aber die Neubauer schert sich nicht mehr um Gebrauchsanweisungen, die, die sie kennen, wissen das, und die anderen werden sie nicht kennenlernen. Die Neubauer raspelt ihre Tage herunter wie einen überschüssigen Rest. So sind größtenteils ihre Tage. Unverdrossen entreißt sie sich, der geschützten Burgruine, Worte, die zusammenpassen, die aber keinen Sinn ergeben. An den wenigen anderen Tagen öffnet sie einen kleinen Spalt zu ihrer Welt, zutraulich wie ein falscher Prediger versucht sie dann Jakob und andere Passanten: »Heute reden wir nicht mehr mit den blauen Vögeln.« Sie lacht dann blödsinnig. »Haha, blaue Vögel.«

Beinahe wäre Jakob ihr einmal gefolgt. Ein sonderbarer Sog entstand in seinem Kopf, er spürte die Unruhe der schlagenden Flügel in einer verborgenen Kammer. Gegen offene Welten nützt dann auch der freundlichste Gruß nichts. Er starrte sie lange an, bis das Flügelschwirren der blauen Vögel sein Herz erreichte. Das Herz, rasend vor Erregung, schlug Alarm in seinen Schläfen. Pure Angst pochte in der Brust.

Die Übergänge zwischen den Welten sind möglich. Eichhörncheninsel! Prinzipien! Jahrhunderte! Das tägliche Leben! Der Vater! Jakob rekonstruierte verzweifelt seine sichere Rodelbahn. Nur Ruhe in die Gedanken bringen! Ruhe. Prosa. Namen. Jakob starrte in eine Auslage, er versuchte die Dinge, die er sah, zu benennen. Das Geschäft mit seltenen Musikinstrumenten, vor dem er stand, eignete sich zwar nicht ausgesprochen gut für diesen Zweck, obwohl die einzelnen Gegenstände kleine Schildchen zum Ablesen trugen: Chekere, Marakas, Djembé, Dondo … Ein Haushalts- oder ein Möbelgeschäft wären ihm lieber gewesen.

Jakob beschnuppert seine nassen Achselhöhlen. Diese Beständigkeit hat wirklich nichts mit der Ruhe zu schaffen, die er sich erhoffte. Das Spiegelbild schaut ihm kurz staunend in die Augen, aber sofort hebt er den Blick hinauf zum Frisör, der seine unvorhergesehene Bewegung nicht schätzt, mißmutig brummt, worauf sich Jakob höhnisch, als Entgegnung, den korrekt frisierten und braungebrannten Mann als Autoverkäufer vorzustellen versucht.

5

Auf dem Schmerlingplatz wird Jakob von einem Polizeibeamten gemustert. Jakob spannt sein Gesicht zu äußerster Konzentration an, seine Falten auf der Stirn vertiefen sich, der Ausdruck versteinert. Keine Rührung entweicht mehr, die Augen ziehen sich zurück unter die vorgeschobenen Brauen; sie schauen nicht mehr, sie schnuppern wie zwei Mäuseschnauzen aus ihren Löchern. Augenblicklich fühlt sich Jakob nur noch als der armselige Rest eines Lebewesens. Er haßt diese Blicke. Wo lernen die das? Gibt es einen speziellen Kursus, in dem Jungpolizisten im Blickeabfeuern geschult werden?

Unverschämt selbstverständlich zoomt der Blick des öffentlichen Organs ein Gesicht heran, erfaßt die besonderen Kennzeichen, gleitet geübt den Körper entlang, ruht für Augenblicke auf den Händen, erfaßt den Inhalt, senkt sich weiter hinunter und entläßt sein Objekt mit dem letzten Zehenabrollen aus dem Bild.

Einmal möchte Jakob an so ein Organ herantreten und ihm »Warum schauen Sie so!« entgegenschmettern, oder zumindest so einen Blick. Aber Jakob schaut weg, er schaut zu Boden, oder er lächelt vage: »Ich gehöre zur Mehrheit, ich bin unverdächtig.« Jakob fühlt sich verdächtig, er fühlt sich immerzu ertappt, immerzu und immer schon. Ein Schulkollege, er heißt kurz und treffend Knirsch, ein Name und Spitzname zugleich, der nach der Matura zur Polizei gegangen war, rechtfertigte immer wieder vor ihm den Mann unter der Uniform.

Er erklärte Jakob seine Strategien gegen die kriechende Kälte, als er einen ganzen Winter lang Dienst als Wachposten vor der israelischen Fluggesellschaft versah. Steifgefroren bis in die langen Unterhosen, beäugte er die rein und raus gehenden Leute, er empfand Abscheu vor allen Reisewilligen, er haßte die zu Schützenden und zu Bewachenden, die an seiner Misere schuld waren. Das war nur verständlich. Eine Großmutter erzählt dem Enkel Geschichten, weil es von ihr erwartet wird. Nur die Erwartung wird erfüllt, darüber hinaus gibt es kein zwingendes Argument, sich im Alter erneut mit Zwergen, Riesen, Drachen und Hexen zu befassen. Die Pflicht ist verständlich, und der Irritierte bleibt allein zurück. Keine Großmutter verdient den Namen mehr als die Großmutter, die diesen Aufgaben gerecht wird. Die Summe von Vorurteilen schafft einen Begriff, und der will gelebt werden. Vorurteil bringt Vorteil, die Enkel erwarten das, die Eltern erwarten das, die Gesellschaft erwartet das. Es ist nie interessant, dem Namen nicht gerecht zu werden. Sich am Namen vorbeizubenehmen verspielt das Recht, diesen zu tragen. Wir brauchen Namen und ein adäquates Benehmen. Und Kinder brauchen Feindbilder, die ihre Phantasie beflügeln.

Es sind immer die bösen Gedanken, die einem die ganze Aufmerksamkeit abfordern, der gesamte Speicherplatz wird benützt. Es genügt eine Kleinigkeit, und das Streben und Fühlen vieler konzentrierter Stunden wird unterbrochen, die Gedanken stürzen sich förmlich auf das Ärgernis. Ein Vergnügen zuzusehen, wie die Galle rinnt! Man zeichnet, im gelben Saft, mit dem Finger neue Muster und Bilder, ergötzt sich an seiner Fähigkeit zur Grausamkeit, man wirft Feinde in den

Kanal, erwürgt sie oder läßt sie langsam im Schlamm versinken. Die guten Gedanken sind schnell konsumiert, sie umarmen einander und versinken sogleich.

Die Kinder brauchen Drachen und Bösewichte, und es ist die Aufgabe der Großmütter, sie ihnen näherzubringen. Lehrer hassen ihre Schüler, Großmütter ihre Enkel, Polizisten ihre Schutzobjekte. Alles andere sind Märchen. Die Richtung, wenn man so sagen kann, bewegt sich nahezu von selbst. Aber Jakob ist das egal, er wäre nie Polizist geworden. Nur die Ausbildung im prüfenden Blick hätte ihn vielleicht interessiert. Das kaum sichtbare Anheben der Augenbrauen, oder wirksamer noch das Anheben einer Augenbraue, leicht, elegant, oberhalb der strengen Augen.

Der prüfende Blick ist aber abhängig vom Standort, der Blickwinkel auf das Geschehen bringt unüberwindliche Mißverständnisse.

»Niemand will sich in die Lage der Polizeibeamten versetzen«, hatte Knirsch immer wieder beklagt, und das ist für sie frustrierend. Polizisten sind in höchstem Maß frustrierte Menschen, weil alle Familienprobleme haben, wegen der vielen Nachtdienste und wegen der Anspannung im Dienst. Sie sitzen den ganzen Tag oder die ganze Nacht in Bereitschaft in ihren Stuben, in unausgelebter Entladung, unter Streß, und füllen Formulare aus. Fahren sie Einsatz, dann steht das Risiko, das sie eingehen müssen, in keinem Verhältnis zu dem Verdienst, den sie nach Hause tragen. Sie sind nie zu Hause, hinterlassen zu Hause eine bangende Familie, weil alles, was passieren kann und schon passiert ist, und wem passiert ist, und wann passiert ist, und wieso passiert ist, und wo passiert ist, das weiß die Familie. Die Frau und die Kinder sind zu Hause, der Mann spürt die Gefahren der Stadt auf, und alle haben wenig Geld.

Wenn Knirsch nach seinem Dienst doch nach Hause kommt, wird er von der Familie zuerst auf Unversehrtheit untersucht, dann nach eventuellen Prämien. Das ist erbärmlich, und deshalb nehmen sie sich solche Blicke heraus. Jeder Rundgang eines öffentlichen Organs ist ein Aufbautraining. Er stärkt sich an harmlosen Passanten, er wappnet sich auf diese Art gegen die schweren Burschen, die seine eigentlichen Gegenspieler sind. Da aber die meisten Polizisten während ihrer Laufbahn nie an schwere Burschen geraten, werden sie selbst zu Rowdys der Straße. Sie attackieren Jakob mit ihrer Gegenwart, oder sie reagieren ihre triste Lage an schwerhörigen Alten ab, die ihre Fernsehapparate zu laut aufgedreht haben und die Nachbarn stören.

Was auch vorliegt, die Last liegt auf dem Beamten. Und Knirsch ist seit Jahren geschieden, obwohl er einen sicheren Posten in der Verwaltung hat.

»Was starren Sie mich so an!?« übt Jakob sich grob in seiner Frage an einer Passantin.

»Ich starre nicht, ich habe Sie gar nicht gesehen.« Der Frau rollen Tränen aus den schon geröteten Augen. Beide stehen, beide schauen einander an, die Frau weint ihre lautlosen Tränen. Sie uriniert ja aus den Augen, fällt Jakob dazu ein, eine schamlose Person! Die Hand, mit der er ausgeholt hat, läßt er kraftlos auf ihre Schulter fallen.

»Weinen Sie, Sie Unglücksmensch, wenn mein Anblick Sie so befreit.« Auf die Rolle des Einfühlsamen ist er nicht vorbereitet. Beim Schachspiel können auch nicht beide gleichzeitig mit Weiß spielen.

»Sie haben mich beleidigt.«

»Was habe ich denn gesagt?«

»Sie haben mich angeschrien, mich beleidigt.«

»Ich wollte Sie nicht beleidigen, ich habe nicht einmal Sie gemeint. Sie müssen es mir glauben!« Jakob erfaßt die Frau an beiden Schultern, hält sie sich vor das Gesicht. Eindringlich wiederholt er den einen Satz, den er für passend hält: »Sie müssen es mir glauben.« Er schaut lange in ihre entblößten Augen. Vielleicht ist Weinen nur eine Sehnsucht nach dem Meer, er schmeckt das Salz auf seiner Zunge. »Das müssen Sie mir glauben. Sehen Sie die Bäume hier, sie sind meine Zeugen, sie kennen mich.«

Die Frau sackt aus den hochgehaltenen Schultern tief in sich zusammen, befreit sich aus Jakobs Umklammerung, weicht einen Schritt zurück. Sie bleibt geduckt stehen, wie ein gestelltes Tier, hält eine Handfläche hoch, ein Stoppzeichen gegen Jakob: »Sie haben Ihre Probleme, ich habe meine. Wir wollen schauen, daß sie sich nicht vermischen«, und entfernt sich unerwartet mit einer abrupten Bewegung. Jakob springt ihr noch unbeholfen nach, läßt sie dann aber kopfschüttelnd laufen.

Jakob bleibt zurück. Ja, er ist einsam, einsam und verlassen. Gern hätte er sich an ihrer intensiven Traurigkeit beteiligt, aber Jakob bleibt oft zurück. Denn er entzieht sich keiner Verantwortung, er läßt sich verlassen. Bis zum letzten Wort harrt er aus. Er läßt sich den Sachverhalt erklären, er läßt sich wortlos zurücklassen, eine standhafte Mahnung an jene, die Konflikte scheuen. Jakob bleibt. Er bleibt stehen, er bleibt auffindbar. Was hat er sich in seinem Leben schon an Bekenntnissen anhören müssen, von Frauen, die vor ihm weinten. Aber keine war ordnungsliebend, keine war brav genug, ihm selbstlos zu folgen. Selbstlosigkeit gehört zu den unglücklichen Tugenden, die heute nur noch belächelt werden. So wie in und out in geworden sind, in der barbarisch verkommenen Ausdrucksweise, so wurde die Selbstlosigkeit out und die Selbstverwirklichung in. Selbstverwirklichung, Selbstgestaltung.

Heute ist jeder ein Künstler, der das Bedürfnis hat, sich auszudrücken, und jeder Künstler hat das Bedürfnis, sich auszudrücken, und es ist furchtbar, sich unter diesen vielen ausgedrückten Menschen bewegen zu müssen, da das Ausgedrückte öfter an ausdrücken als an Ausdruck erinnert. Und am Ende steht immer das große Heulen, trotz der vielen Beauty-Memoiren, in denen sich auch der eine oder andere Tip nachlesen ließe.

Um die Liebe ist es Jakob nie gegangen, die kommt und geht und vergeht. Zu ihm kam sie nie. Er wäre Realist genug gewesen, eine Frau auch ohne Liebe zu akzeptieren, eine Frau, die unsichtbar das Sichtbare um ihn geordnet hätte. Ein bißchen Zuspruch im Alltag hätte er sich verdient. Und der Zuspruch wäre auch schon ein Verwickeln einer anderen Person in seinen Alltag gewesen, darum wäre es ihm gegangen. Er wollte teilhaben lassen. Eine Zeitung ohne Leser bleibt eine ungelesene Zeitung. Leser kamen, aber die Liebe kam nie, und die zwei Frauen, eine nach der anderen, nach langer Zeit der Prüfung, in die sie sich ergeben hatten, die gingen auch. Eine nach der anderen. Eine brave Frau, wie seine Mutter eine war, die gab es nicht noch einmal, darin waren sich Vater und Sohn einig. Gemeinsam betrauerten sie die Lücke, die ihr Fortgang in ihr gleichmäßiges Leben gerissen hatte. Keine noch so bemühte Haushälterin, die der Vater eingestellt hatte, konnte diese Lücke ausfüllen. Die Mutter blieb gegenwärtig durch ihre Abwesenheit, wie sie es, als sie noch lebte, nie geduldet hätte.

Zuerst versuchte Jakob, die Lücke zu schließen, dann begann er sich der Lücke zu verschließen. Sein Herz umschloß langsam, im Laufe der Jahre, den leeren Raum. Diese Lücke im Zentrum seiner Lebenskraft, die er fortan in sich trug, macht sich immer dann bemerkbar, wenn er gegen sein Wollen verlassen wird. Die Frau, die ihn eben fluchtartig verlassen hatte, begann gerade, als er sie sich dicht vor das Gesicht hielt, vertraute Züge anzunehmen. Sie wurde ihm sympathisch, obwohl sie so verheult war. Etwas war ihm vertraut, und nun empfand er den alten Schmerz. Das war nur natürlich. Ein Mensch ist aus Angriffsflächen gebaut, und Verlassenwerden löst Angst in jedem normal empfindenden Menschen aus.

Vielleicht hätte er sich nicht entschuldigen dürfen, schon im ersten Satz! Er hat sie ja förmlich angefleht, und das läßt Männer schwächlich erscheinen. Da laufen die Frauen davon. Der Vater hat die Mutter ihr Leben lang gehalten. Er war der Pflock, an den man sicher ein Pferd binden konnte.

Jakobs zweite Verlobte hieß Margit. Margit Schweighofer. Er und Margit waren einander sehr nahe gekommen, deshalb bedauerte er die Trennung auch über die Maßen. Margit war immer schon mehr als nur Publikum, sie war eine Persönlichkeit. Eine stattliche, fleischfressende Persönlichkeit. Sie berührte die Dinge auf eine ganz andere Art, als Jakob es gewohnt war. Sie nahm nicht die Zeitung, sie ergriff sie. Sie eignete sich alles auf diese Weise an, sie griff danach. Der Griff stand vor dem Begriff. Sie war nicht das, was üblicherweise als sinnlich bezeichnet wird, dazu fehlte ihr eine gewisse Zerbrechlichkeit, sie war eben fleischfressend, lüstern. Sie mußte immer ins Volle greifen. Sie sprach mit vollem Mund, mit vielen großen Zähnen, sie verbreitete die Überfülle des Lebens. Alles, was ihr ins Auge fiel, wurde von dieser Üppigkeit erfüllt. Und Margit hatte ihm die körperliche Lust geöffnet. Sie sagte: »Ein Mann soll seine Erfahrungen schon vor der Ehe sammeln, und da wir sowieso heiraten werden …« Und Jakob hat ihr ihre Nacktheit und die unzweifelhafte Schamlosigkeit nie übelgenommen, er wollte sie auch heiraten. Es wurde schließlich von ihm erwartet. Er versuchte auch, der Pflock zu sein, ein Fels, eine Richtung für zwei. Aber Margit hatte nie geweint, ihre Körpersäfte, die er kannte, waren nicht salzig. Und einmal, er weiß es, als ob es gestern war, als sie wieder neben ihm im Bett lag und sich an die Verführung machte und er nur kurz aufstand, um seine Hose, die vom Garderobenständer gerutscht war, wieder zusammenzulegen, schrie sie ihn an. Er stand mit dem Rücken zu ihr, und so bleibt es ihm für immer ein Rätsel, was diese Heftigkeit in ihr geweckt hatte. Sie schrie und tobte: »Du bist zu blöd für eine Atmosphäre!« Sie war außer sich, warf mit Gegenständen, während sie sich anzog. Jakob hatte so etwas noch nie erlebt, er war ihr aber doch dankbar, daß sie noch während der Verlobungszeit ihr wahres Gesicht zeigte. Trotzdem, auch damals empfand er die verborgene Leere im Herzen, die sich mit Dumpfheit zu füllen begann. Sogar Schmerz empfand er, als sie ihm alle Bücher, Briefe, den Brieföffner, den er ihr geschenkt hatte, sogar die rosa

Schleife, mit der einst die erste Bonbonniere, die er ihr brachte, zugebunden war, in sauberem weißen Packpapier durch Boten überbringen ließ. Ihre Korrektheit rührte ihn. Er quittierte ihr den Eingang aller Gegenstände und zeichnete hochachtungsvoll vor so viel Tadellosigkeit.

Jakob fragte sich nie, wieso sie weglief, denn Gefühle kann man nicht erklären, und Handlungen im Affekt sind komprimierte Gefühle. Sie wird ihre Gründe gehabt haben. Frauen haben immer ihre Gründe, die sie dann, wenn man sie fragt, bereitwillig mit unnatürlicher Stimme, voll von Absichtlichkeit, besprechen. Aber Jakob fragte nicht.

Er hat Margit nie wieder gesehen, als wäre sie fluchtartig aus der Stadt verschwunden, wie aus seiner Wohnung. Und vielleicht war sie es auch, vielleicht doch irgendwohin zum Meer, an eine salzige Küste.

6

Jakob räuspert sich. Er fährt mit feuchter Hand den Griff seines Einkaufswagens entlang. Auf und ab. Dann klopft er einen Takt Unruhe auf die gelbe Plastikverkleidung. Er räuspert sich. Jakob räuspert sich oft, wenn er beschließt, irgendein Ärgernis nicht zu benennen, es vielmehr durch konzentrierte Gleichgültigkeit an Ort und Stelle zum Zerfallen zu bringen. Er stellt sich die Aufgabe, durch Gleichmut zu trumpfen, weil nur Aufmerksamkeit oder Interesse die Dinge sich ereignen lassen. Wenn Jakob sich räuspert, setzt er seinen Umkehr-der-Dinge-Mechanismus in Gang, der, wie ein Film, den man zurückspult, funktioniert und dadurch seine Aussage verändert oder sie mathematisch besehen aufhebt, also ungeschehen macht. Wenn zum Beispiel am Nebentisch einer lautstark in sein Handy spricht, wenn gedankenverlorene oder lesende Passanten gegen ihn stoßen oder wie jetzt, wenn ein Junge, in der Schlange vor ihm, auf Rollschuhen wetzt und unweigerlich in kurzen Abständen, selbstgefällig grinsend, gegen Jakobs Wagen stößt, räuspert sich Jakob und rollt das Ärgernisgefühl wieder zusammen, wie ein altes Schriftstück, und legt es ad acta.

Jakob räuspert sich, er ermahnt sich, seine wachsende Ungeduld ins Gegenteil zu zwingen.

Trotzdem, für einen Buben um die zwölf Jahre nimmt der Junge ärgerlich viel Raum ein, er schert aus der Schlange aus, zeichnet Halbmonde auf seinen Rädern, und er sichert sich mit seinen ledernen Knie- und

Ellenbogenschützern viel Aufmerksamkeit. Jakob sieht ihm ins Gesicht und schreibt »unbekümmert« ab, auf seine Tafel, und dann fällt ein lebensgroßes Standbild für Sekundenbruchteile zwischen den Jungen und Jakobs Einkaufswagen. Jakob mit zwölf, weite kurze braune Hose, ein gestricktes braunes Gilet, den Nacken ausrasiert, vor der Kassa im Fischgeschäft des Großonkels in der Grubergasse, Krems an der Donau; er steht da, als müßte er die Kommunion empfangen. Jakob fühlt plötzlich einen Diebstahl an sich begangen, so ausgesetzt in eine Zeit geboren, die den Mund verbat und die Wege verschloß. Bei jedem zeigt sich irgendwann diese Sache mit der Zeit, die beunruhigt. Vor allem, wenn viele vertane Möglichkeiten die Sinne belagern, wenn die Schuldzuweisungen nicht einmal mehr Selbstmitleid bewirken, kommt die Zeit der falschen Zeit. Für alles gibt es verschiedene Blickwinkel, verschiedene Herangehensarten, nur sind diese Winkel und Arten durch die Zeit geprägt, in die man geboren wurde. Zum Beispiel zur Freiheit geboren, zum Glück geboren, zum Genuß geboren, natürlich ist dieser Ansatz anmaßend und trügerisch. Und ob die Welt für ihn da ist oder er für die Welt da ist, das ist kein geringer Unterschied, das wirkt sich eben irgendwie auf die Gelassenheit aus.

Der Junge stößt wieder unbekümmert gegen Jakobs Wagen, er schleckt am Eis, das er im Begriff ist zu zahlen, er zahlt, er schleckt seine Hand ab, er läßt zwanzig Groschen Wechselgeld auf dem Fließband liegen.

»Ist das nicht dein Geld?« fragt Jakob rasch.

»Ja, aber das brauche ich nicht mehr.« Noch bevor er sich mit einem Schwung in Bewegung setzen kann, legt Jakob seine autoritäre Hand auf des Knaben Schulter:

»Dein Vater muß viel arbeiten, damit du dir ein Eis kaufen kannst. Und du läßt sein Geld liegen!«

»Das ist mein Geld«, sagt der Bub trotzig.

»Dann verdienst du selber schon Geld?«

»Nein, aber ...«

»Siehst du, dann ist es das Geld deines Vaters.«

»Aber nein, es ist wirklich mein Geld.« Der Bub versucht sich frei zu machen, aber Jakobs Hand hat die Flexibilität eines Schraubstocks: »Wo hast du es her?«

»Das ist mein Taschengeld!«

»Dann ist es das Geld deines Vaters.«

Die Verkäuferin schüttelt den Kopf: »Er ist nicht der einzige, der so mit dem Geld umgeht, immer öfter ...«

Von hinten, aus der Schlange, ruft ein junger Mann vor: »Was ist da los, ich hab's eilig. Wenn der Bursche nicht genug Geld hat, zahle ich sein Eis, wenn es nur endlich weitergeht.«

Jakob läßt von dem Buben ab und stürzt sich mit giftigen Blicken auf den Wichtigtuer: »Was fällt Ihnen ein, Sie untergraben hier meine Autorität!«

»Scheißen Sie sich nicht ins Hemd, bloß weil jemand sein Eis nicht zahlen kann!«

»Aber ich habe doch gezahlt«, stammelt der Bub und schleckt wieder seine Hand ab, die von dem tauenden Eis klebrig und naß geworden ist.

»Was ist denn los zum Teufel nochmal?« krächzt jetzt der Mann aus der Schlange ungeduldig.

»Er will sein Wechselgeld nicht nehmen!« klärt die Verkäuferin geduldig auf.

»Das habe ich nicht gehört! Sagen Sie das noch einmal«, empört sich der Mann vorsichtig und spricht jetzt ganz langsam: »Da spinnt doch jemand, und ich bin es nicht!« Er schüttelt noch den Kopf, verläßt dann eilig die Schlange, seinen Einkaufswagen und das Geschäft. Der Bub auf den Rollschuhen entgleitet mit ihm.

»Also«, sagt Jakob triumphierend, »ich bin mir bis heute nicht zu blöd dafür, mich nach einem Zehn-Groschen-Stück zu bücken.«

»Recht so«, bestätigt die Frau, die hinter Jakob steht, seine Äußerung: »Ich habe deshalb auch meinen Kindern nie Taschengeld gegeben!« Ein zufriedenes Raunen geht durch die Schlange.

»Aber irgendwie sollen die Kinder doch den Umgang mit Geld lernen«, will Jakob sagen. Der Beifall dieser dummen Person ärgert ihn über die Maßen. Andererseits wäre sein Tag überfüllt, müßte er immer alle Mißverständnisse ausräumen, und Jakob zahlt jetzt sowieso schon, und fremde Ware auf dem Fließband drängt bereits an seine, und er fühlt den unverkennbaren Druck eines Einkaufswagens auf seinem Unterschenkel und auf dem Gesäß.

»Drängen Sie nicht!« dreht er sich jäh um und taucht grob den Einkaufswagen zurück, gegen die hinter ihm stehende Frau.

»Na hören Sie!« empört sie sich.

»Na, dann schauen Sie!« ergreift Jakob die Möglichkeit, sich gegen die ihm zuvor entgegengebrachte peinliche Sympathiebekundung dieser Frau doch noch abzugrenzen: »Sogar eine Gelse erkennt auf dreißig Meter Entfernung einen Menschen! Sie sind wohl auch in der falschen Zeit geboren!?« Er schmettert noch ein »Auf Wiedersehen« der Kassiererin entgegen und geht rasch hinaus, nach Hause. Verärgert stößt er gegen zu langsam reagierende Passanten, er schwingt übertrieben mit seiner Einkaufstasche vor und zurück, Jakob macht sich Luft und Raum und läßt alle Überlegungen zynisch mitschwingen ... und außerdem konnte sich sein Großonkel vom Fischgeschäft, dieser laute, grobe Mann, der mit seinem Kittel und seinen Witzen alles verpestet hatte, vor dem Ende nicht einmal mehr ein Butterbrot selbst schmieren, weil seine Finger dick und geschwollen waren von den auf Eis gelagerten Fischen. Ganz ohne Profit mußte er das Geschäft verkaufen und von einer Invalidenrente leben. »Unbekümmert«, liest Jakob von seiner Tafel ab.

»Pardon«, sagt er jetzt, weil er wieder jemanden angerempelt hat.

7

Jakob holt eine Dessertsilbergabel aus der Schublade. Drei muß er wieder zurücklegen, weil sie häßliche grüne Spuren zwischen den Zinken haben. Umständlich, ein Synonym für genießerisch, gießt er den Filterkaffee in eine Tasse. Wie eine gute Hausfrau vor der großen Abendgesellschaft umkreist er den Tisch, richtet das Deckchen zurecht, stellt eine Kerze auf. Das Glück liegt im Kleinen.

Mit großer Zufriedenheit setzt er sich. Da sich der Apfelstrudel aber mit der Gabel nicht teilen läßt, bricht er ihn schließlich mit den Fingern, ißt schnell, um sich dann die Hände zu waschen, um den Kaffee trinken zu können, denn mit klebrigen Händen mag er nichts angreifen. Dennoch, im Kleinen liegt die wahre Freude, oder die einzige, oder auch in der Vorfreude. Die Lebensklugheit ist nichts anderes als Verzicht, das sagen alle professionellen Ratgeber.

Der Haken dabei ist bloß, daß alles, was übrigbleibt, nicht nur sehr klein ist, es dauert auch noch kurz. Kurz und klein, der größte gemeinsame Nenner der Sinneskontakte.

Vorausgesetzt, man ist guter Laune, dann kann man etwas Schönes sehen, etwas Gutes hören, etwas Angenehmes riechen, etwas Schmackhaftes essen, etwas Bedeutendes spüren, etwas Beglückendes denken. Aber auch dann sind die Sinne nur mäßig belastbar und verwandeln nach einem kurzen »Aaah« alles in Langeweile, Belästigung, Übersättigung, Ekel, Übelkeit, Schmerz.

Kurz & gut, sagt man und eilt weiter zum neuen Kurz & klein.

Jakob zündet die Kerze an und holt jetzt den Topfenstrudel aus der Küche.

8

Feuchte Abendluft stieg vom See herauf. Marisa blickte, gegen die alte Linde gelehnt, auf das ruhige Wasser, auf dem friedliche goldene Spritzer lagen. Der Mond war voll, kurz vorm Zerplatzen. Unter meinen Schritten raschelte das trockene Laub. Sie hob den Kopf, strich eine Locke aus ihrer Stirn, ihr Blick streifte mich nicht, und doch wußte ich, sie erkannte mich im hellen Mondschein. Ich hatte das Gefühl, auf verbotenen Wegen zu wandeln. Eine merkwürdige Spannung erfaßte mich. Ich muß behutsam vorgehen. Ich muß flüstern, dachte ich stockend. Die Bäume standen fest und ungerührt, dicht an dicht. Es war mein unsicherer Gang, der sie wanken machte. Eine seltsam unheimliche Lust überkam mich. Ich umschlang das Mädchen im Stehen, mit großer Geste. Sogleich lag sie an meiner Schulter, mit zurückgeworfenem Kopf, geschlossenen Augen, bot mir den halbgeöffneten Mund, erwiderte meine Küsse nicht, aber überließ das Mundinnere und die Lippen meiner Gier. Sie umschlang mich nicht, nicht einmal andeutungsweise; sie bewegte die Lippen nicht.

Als wollte sie sehen, ob ich meine Lektion gelernt hätte, bog sie sich zurück und schaute mich prüfend an. Ihre Wangen hatten sich gerötet, ihre volle Unterlippe glänzte, ich war am Verströmen. Mein Körper bebte unter ihrem strengen Blick, ich getraute mich nicht, mich zu rühren, nicht die Augen von ihr abzuwenden.

Karmen hatte mittlerweile ihre Bluse aufgemacht, und ich sah entzückt einen herzförmigen Schlitz. Die großen, vollen Brüste lagen wie zwei mollige Pfirsiche in einem Korb, und der Korb war wie bei einem Südfruchthändler mit Spitzen verziert. Ich sah atemlos hin. Sah, wie sich der üppige Frauenkörper langsam aus der weißen Haut herausschälte. Es war nun, als hätte auch der Wald an diesem Schauspiel teil. Mir war fast fiebrig zumute. Ich fröstelte vor Erregung. Ihr Kopf lag wieder an meiner Schulter, ich küßte sie, und nur noch am Duft ihres Mundes erkannte ich, wer sie war. Plötzlich, ich wollte nichts ankündigen oder einleiten, packte ich Ritas Schultern, näherte mein Gesicht ihrem Gürtel, dem breiten, schwarzen, und seufzte, und sie, als habe sie darauf wie auf ein verabredetes Zeichen gewartet und gelernt, wie sie sich nun zu verhalten habe, legte sich rücklings auf das Laub, das ich zuvor mit meinem Jackett bedeckt hatte. Als ich niederkniete, senkte sie den Kopf tief und verbarg ihr Gesicht. Daß sie zu nehmen gewesen wäre, war offenbar. Meine Herrschaft über sie war vollkommen, und ich wußte es. Das einzige, was ich deutlich und sinnlich wahrnahm, war die Härte von Solanges Zähnen, die ich mit den Lippen berührte, und abermals das Scharren ihrer Fingernägel an meinem Jackett, von oben nach unten, wie eine der Bewegungen, die man im Todeskampf vollführt. Ich umfaßte sie mit den Armen, preßte sie an mich. Ich war wirr und von Sinnen vor Leidenschaft, unfähig, meiner Glut Herr zu werden. Ich hörte die ungeschrienen Schreie der Lust, spürte die wilde, würgende Ekstase des Unerhörtseins. Ich sprach leise, heiser, ich flüsterte benommen: »Willst du mich haben? Sabrina!« Mit meiner Hand berührte ich ihre Schenkel, fuhr zaghaft dazwischen, kein Widerstand, die Schenkel öffneten sich, sprangen auf. Stille senkte sich über ihre ruhelose Seele …

Jakob legt müde das Buch aus der Hand. Immer heißen sie Mariela, Marisa, Madita, die von Josef und Karl beschlafen werden. Die Männer haben einfache Namen, weil sie selbst interessant sind. Eine Frau braucht das Flair des Unerreichbaren, und wer kennt schon eine Ramona oder eine Laura? Und wer kennt beide? Eine zu begehrende Frau braucht einen seltenen Namen, um sie aus der Menge der Frauen herauszulösen. Denn je exzentrischer die Frau, und ein ausgefallener Name rückt sie mitten in die Vorstellung von Extravaganz, desto besser der Mann, der sie fickt; weil rote, braune, gelbe, blonde, schwarze, gefärbte Haare haben alle, auch große Titten haben viele, wunderschöne Körper, zarte Haut, Muschis, Fotzen, Vaginas. Einer Frau, die Leontine heißt, nähert man sich anders, behutsam, flüsternd. Maria oder Elisabeth werden genommen, ohne daß man sich vorher lange fragt, ob sie zu nehmen gewesen wären, oder gar daß man fragt: »Willst du mich?«

»Willst du mich haben, Annemarie?« würde nur bedeuten, daß der Mann ein unbedeutender Zauderer ist. Aber bei einer Sabrina bedeutet es ganz etwas anderes, da bangt jeder Leser mit Josef und Karl mit, und wenn sie dann ja sagt: »Was für ein Kerl!« Die Ophelias, Undines und Babettes sind das Salz im Alltag, im Alltag der reichen Helden. Jakob kennt sich aus in der Welt der Liebesromane. Seit Jahren, eigentlich immer schon liest er diese sich gleichbleibenden Geschichten. Denn Abenteuerromane, Science-fiction, Sachbücher verschaffen ihm nicht die wohlige Gleichgültigkeit, die er zum Einschlafen braucht. Er gleitet langsam, wie bei einem Sehnervtraining, die Zeilen entlang, bis seine Lider immer enger die Augäpfel umschließen und er sie nur mit nahezu knirschender Mühe wieder hinaufschieben kann, wie schwere Rolläden. Und da erst kommt die Belohnung dieser rührseligen Lektüre zum Tragen, keine Spannung, kein Interesse zwingen ihn, sich wieder aufzusetzen, einen Kaffee zu machen, sich rauchend wachzuhalten, weiter zu lesen.

Zufrieden verschränkt Jakob die Hände im Nacken. Lehrer kommen kaum vor in solchen Romanen, höchstens als Hauslehrer, die aber dann in Wirklichkeit Gelehrte oder Wissenschaftler sind, also fällt auch von dieser Seite jegliche lästige Identifikationsmöglichkeit weg.

Meistens haben die Helden wahnsinnig interessante Berufe; sie sind Fotografen im Kriegsgebiet, die nicht nur unter den schrecklichen Bildern, die zu machen ihr Job ist, leiden, sie sind immer auch moralisch Getriebene, die die Wahrheit in die Welt hinausknipsen wollen, und das alles ertragen sie nur dank der romantischen Liebe zu einer fliehenden Dragica oder Kyra; oder sie sind Fabrikbesitzer, herrschen über Imperien und Jachten und Frauen, oder sind Maler, Designer, Innenarchitekten, obwohl Innenarchitektur bevorzugt von selbstbewußten Frauen ausgeübt wird. Diese berufstätigen Frauen, Innenarchitektinnen, sind nicht selten lesbisch und versuchen, ohne Erfolg natürlich, eine Margo und Sabrina in ihre Fänge zu bekommen.

Sie sind Abenteurer, Lebenskünstler, Musiker. Und alle sind leidenschaftlich Liebende. Zu jeder Zeit, in alle Richtungen an allen Orten lieben sie derart heftig, daß ihre Potenz übermenschlich erscheint. Sie sind Modeschöpfer und Schauspieler, manchmal auch Antiquitätenhändler, weil diese mehr Feinfühligkeit verströmen als Möbelverkäufer, die deshalb auch nur äußerst selten vorkommen.

Manchmal taucht unter diesen vielen gebildeten, musischen, feingliedrigen, feingeformten, feingekleideten Menschen auch eine Sekretärin und Kindergärtnerin auf, als Plot, Reibfläche; in die sich ein Josef unstandesgemäß verliebt und ein Märchen beginnen will, ohne zuvor an die Familie und ihre Möglichkeiten gedacht zu haben. Dann passieren Morde zwischen Damastbezügen. Ungehobelte Polizisten dringen in Paläste ein, in denen sie sich wie Müllcontainer vor Seidentapeten ausnehmen, und es bereitet allen einen Riesenspaß zu beweisen, daß diese noblen Menschen solch bestialischer Verbrechen fähig sind.

Jakob löscht das Licht, sinniert aber selbstzufrieden weiter. Auch die Krankheiten sind mit Umsicht gewählt, entweder psychische, die eine Unberechenbarkeit ermöglichen, oder organisch unheilbare, die gern vor irgendwem aus irgendwelchen Gründen verheimlicht werden, was aber nie ganz gelingt. Ein Gehirntumor, zum Beispiel, der immer die Frage aufwirft: »Wer wird die Firma übernehmen?«, kann durchaus dreihundert Seiten füllen. Reich, rücksichtslos und glitzernd ist die Welt, in der sich Menschen derart verlieben können, sich so öffnen, solche Hochzeitsfeste und Flitterwochen verleben, sich so verschleißen können.

Daneben war Jakobs Margit wirklich eine Margit und nicht einmal wirklich seine. Und vorher war es die Elisabeth. Mein Gott, die Elisabeth! Sie war medizinisch-technische Assistentin, im Labor, im Allgemeinen Krankenhaus, und sie wußte viel über Werte und

Blutkörperchen zu erzählen. Sie war davon überzeugt, daß sich aus einem Blutstropfen nicht nur die Lebensgewohnheiten, sondern auch der Charakter eines Menschen ablesen ließen. Und so wie die Eigenschaften in diesem Blutstropfen eingespeichert seien, so waren für sie Gefühle in Gegenständen verschlossen. Ihre Vergangenheit war handgreiflich, denn ihre Erinnerung schien wirklich in Dingen versiegelt zu sein. Elisabeth war auch immerzu damit beschäftigt, sich auf die Spur zu kommen. Alles hatte nur die eine Bedeutung, daß sie sich erinnert; und sie war eine Fülle bewußtgemachter Nichtigkeiten. Der Zufall, der ihr die Gegenstände, das stoffliche Gedächtnis, in die Hand spielte, war die zweite Quelle ihrer Entzückung. Ein Schatten, ein Stein, alles wurde lebendig, bedeutungsvoll, überall lauerte die Erinnerung. Alles sprach zu ihr, und sie gab es an Jakob weiter. So wie man den Sinn eines Wortes verliert, wenn man es öfter hintereinander laut wiederholt, so hat sie alles ausgereizt und sinnlos gemacht. Irgendwie hat sie sogar beim Zuhören Fehler gemacht. Eine kurze Pause in Jakobs Erörterungen veranlaßte sie sofort, seinen Satz zu vollenden, und sie ließ seine Gedanken zu Platitüden verkommen; der Inhalt zog sich scheu hinter die Worte zurück, wie ihre Mimik, die hinter einer stumpfen Ausdruckslosigkeit verblieb. Nur wenn sie wieder eines ihrer materialisierten Gefühle ansichtig wurde, riß sie das ganze Gesicht auf zu einem spitzen großen A, mehr spielte sich nicht ab. Sie war gefangen in ihrer Erziehung und Ausbildung, zeigte sozusagen auf, obwohl sie die Antwort nicht wußte, und würzte Jakobs Nerven mit einem »Verstehst du?«, das sie immer am Ende ihrer Reden plazierte.

»Du hast dieselbe Brotdose wie unser Nachbar, als wir noch in Heiligenkreuz wohnten. Das ist der, der jedes Jahr im Februar die Obstbäume im Garten der Eltern geschnitten hat. Ohne lange zu überlegen, das mußt du dir vorstellen, wie ein richtiger Gärtner, dabei war er Automechaniker! Und wenn er fertig war, machte die Mutter für alle ganz dicke Schmalzbrote. Deshalb ist für mich ein Weißbrot mit duftendem Schweineschmalz beschmiert heute noch der Inbegriff spontaner Professionalität. Verstehst du?«

»Die gleiche«, sagte Jakob kühl und versetzte der Brotdose einen Stoß. Sie sagte tatsächlich »Inbegriff spontaner Professionalität«, oder sie sagte: »Das kalkulierte Unvermögen, verstehst du?«, wenn sie Neid oder Mißtrauen meinte. Mehr spielte sich nicht ab. Sie wollte viele Kinder haben, aber keinen Sex.

Alle Dinge, die in einem Roman besprochen, beschrieben werden, die geschehen und zustoßen, geschehen, stoßen zu und werden besprochen, weil sie im Handlungsverlauf noch gebraucht werden, Gewicht bekommen, erwägt Jakob. Nichtigkeiten, ein Stolpern, ohne Sinn und Folgen, kommen nie vor.

Ansprechend sind auch die Bilder, die rund um die Einsamkeit ersonnen werden. Sensibel, zutiefst melancholisch, sitzen die Leute auf Fensterbrettern, schauen mit langen Blicken auf das Panorama der erleuchteten Großstadt, oder sie sitzen beim Fluß, in der Dämmerung, viele betrinken sich in einer Bar oder zu Hause unter einer Vierzig-Watt-Birne. Die Andeutung der Einsamkeit ist immer der Vorbote einer Schlüsselszene. Jakobs Einsamkeit ist irgendwie gedehnter und entbehrt jeglicher Poesie. Trist, endlos, ohne Weichzeichner und ohne Hoffnung auf einen Plot schleppen sich solche Stunden dahin. Jakobs Kollegin Herta Rebentisch, Deutsch/Geographie, hat ihre Einsamkeit und Traurigkeit kunstsinnig stilisiert, so daß sie sich am nächsten Tag, als sie darüber berichtete, wie sie in der schlaflosen Nacht zuvor Mahler hörte, dazu bei Kerzenlicht Trakl las, doch noch einen Lustgewinn aus den vertanen Stunden holen konnte. Und wer weiß, vielleicht hat sie in Wirklichkeit nur beim Fernsehen ihre Tränen bei fremdem Leid vergossen; aber das hätte sie sicher nie einzugestehen gewagt, nachdem Geistberger, der aus unerfindlichen Gründen eine Autorität im Klassenzimmer war, einmal erklärte, daß das Fernsehen eine Zumutung ist, weil es die Menschen mit fremden Gefühlen abfüllt. Jakobs Einsamkeit ist einfach nur ärgerlich einsam und langweilig.

Vielleicht sollte er ein Buch schreiben. »Ich über mich« denkt er, aber bereits im Ansatz zweifelt er darüber. Biographien von Unbekannten verkaufen sich schlecht, wenn sie nicht vor Lebensweisheiten strotzen: »Anleitung zum Anderswerden« oder »Mein Kampf mit dem Krebs«, und wozu dann ein Buch schreiben, das niemand lesen wird. Als Kind hat er viel gelesen, alles verschlungen, sich dadurch das Wissen über imaginäre Welten angeeignet. Jakob findet sich gleich zurecht in einer solchen Umgebung, da läuft alles wie am Schnürchen, am roten Faden. Diese Welt ist berechenbar, nichts geschieht, was sich nicht erklären ließe, was nicht erklärt wird. Das ist der grundlegende Unterschied zu der Welt, in die man geworfen wird, sobald man ein Buch weglegt. Alles hat eine innere Logik, die Fragen werden immer, immer zufriedenstellend für den

Leser, beantwortet. Zufriedenstellend, weil man statt mit Zweifeln nur mit Tatsachen konfrontiert wird, weil eines mit dem anderen zusammenhängt. Wenn zwei sich nicht verstehen, dann versteht man das; im Leben außerhalb der Buchseiten ist das nicht immer zu verstehen. Unmerkliche Veränderungen vollziehen sich, und kein Erzähler hält das Leben an und sagt: »In den letzten Jahren hat er sich sehr verändert.«

Zuerst müßte er einen Bestseller schreiben und dann »Ich über mich«. Vielleicht könnte er ja an zwei Büchern gleichzeitig schreiben; aber reden wird er lieber nicht darüber. Mandy, ein Bekannter aus dem Billardklub, sagt auch jedesmal: »Warten Sie nur, bis ich einen Roman schreibe! Knallhart!« und macht sich seit Jahren damit lächerlich.

9

IN DER UNTERFÜHRUNG, an einem Infostand, trifft Jakob auf einen ehemaligen Schüler. Er will vorbeischleichen, aber Buchmüller hat ihn schon bemerkt. »Na, Herr Professor, wollen Sie uns unterstützen?« Jakob tritt unwillig an den Tapezierertisch heran.

»Und, Buchmüller, haben wir schon ein Studium begonnen?«

»Beendet, Herr Kollege, wir haben uns beeilt, um schneller ein arbeitsloser Lehrer zu werden.«

»Mittelschule oder Hauptschule?«

»Mittelschule, aber das macht keinen Unterschied, ohne Protektion findet heute sowieso keiner mehr Arbeit.« Buchmüller hält ihm ein Flugblatt hin: »Wollen Sie nicht lesen?«

»Nein«, sagt Jakob bestimmt, er will keine dumme Diskussion. »Flugblätter haben noch nie etwas bewirkt.«

»Doch. Leute wurden sogar hingerichtet, weil sie Flugblätter gedruckt und verteilt haben. Ihr Fach. Ich meine, Geschichte.«

»Werden Sie nicht vorlaut, Buchmüller, das hat noch nie zu Ihnen gepaßt. Dazu fehlt Ihnen die Qualität.« Eigentlich erinnert Jakob sich nur sehr dunkel an diesen Schüler, und wie der jetzt aussieht, paßt er auch in keine seiner Klassen; im Grunde hat er überhaupt keine Ahnung, was zu Buchmüller paßt, er weiß nicht einmal, wieso er seinen Namen behalten hat. Einer unter vielen, die dazu neigen, sich zu wichtig zu nehmen.

»Sie vergessen, wir sind nicht mehr in der Schule.«

»Ich vergesse überhaupt nichts. Ich habe Sie schon gekannt, da wußten Sie noch nicht einmal, was Geschichte ist!«

»Und welchen Vorteil ziehen Sie jetzt daraus?«

Jakob ärgert sich über die Situation, in die er wieder geraten ist, er hat keine Lust, schlagfertig zu sein, und für einen ruhigen Abgang fehlen ihm die Begleitworte. Er nestelt an dem Stoß Papier, der vor ihm liegt, Buchmüller läßt ihn nicht aus den Augen. Frech und fordernd fühlt er seinen Blick auf sich ruhen. Jakob zögert, ob er die Herausforderung annehmen, den Burschen mit überlegenem Wissen auf seinen Platz verweisen soll. Er nimmt ein Flugblatt in die Hand, überfliegt die Seite, baut eine selbstgefällige Geringschätzung in sich auf, um sie anschließend zur Gänze in einen Satz zu legen: »Und wozu, sagen Sie mir, braucht Wien ein Denkmal für Deserteure?« So, das hat gesessen. Hätte er seine Feststellung nicht in eine Frage gekleidet, könnte er jetzt gehen. Das war äußerst unklug, denn jetzt hat er selbst die Diskussion eröffnet.

Jakob fühlt sich unglücklich, er will seinem Gegenüber nicht in die Augen sehen, versucht auf diese Weise, leider ohne Erfolg, den Beginn sinnloser Erörterungen hinauszuzögern.

»Wissen Sie, die Frage ist schon im Ansatz falsch, man muß die Begriffe aus ihrem historischen Zusammenhang neu definieren.«

Jakob grinst gelangweilt, er zieht seine Lippen zu einem dünnen Gedankenstrich über das schmale Gesicht. Das also will Buchmüller ihm erklären, wie heißt er noch? Karl? Thomas? Ein ehemaliger Schüler eben!

Ein arbeitsloser Versager, der in einer Unterführung seine Vorlesung hält. Jakob öffnet seinen Schritt, verlagert das Gewicht gleichmäßig auf beide Beine, die Augenbrauen schnellen automatisch in die Höhe, legen die Stirn in zweifelnde Ungeduld. Nur seine Augen, die solcherart aufgerissen sind, scheinen die Ausführungen weiter herauszufordern.

»Nehmen wir zum Beispiel die Zugehörigkeit zur Waffen-SS« leitet Buchmüller gewichtig seine Ausführung ein. »Aus der heutigen Sicht, Sie werden mir sicher zustimmen, ist sie eher negativ zu sehen. Durch die Aufdeckung der Untaten und Morde hat hier ein Wertewandel stattgefunden; die begehrte Waffen-SS wurde zu einer bösen Waffen-SS. Gut so. Der Deserteur der Reichswehr war ein zu tötender Verräter, und was ist aus dem geworden? Er ist auch als Toter ein Verräter geblieben.«

Jakob will die Begriffe nicht neu definieren, Plus und Minus verschieben, bis es jedem paßt. Die Begriffe haben ihre Schwingungen, da kann man nicht plötzlich sagen, das ist falsch, ab jetzt wird es anders bewertet werden. An einem Begriff hängen andere Begriffe, sie bilden ein ganzes System von Gut und Böse, und dieses Gleichgewicht ist sehr, sehr zerbrechlich. Man kann dem Deserteur nicht einfach das Minus wegnehmen und durch ein Plus ersetzen. Dadurch stellt man das Bundesheer in Frage. Wir gehen jede Sekunde in die Zukunft ein, wir werden wieder Kriege haben, auch wenn sie angeblich keiner will, und ein anständiger Deserteur wäre kontraproduktiv. Jeder junge Gefreite würde seine Ausbildung in Frage stellen. Das Verschieben der Vorzeichen in Anbetracht des Geschichtsverständnisses, nicht nur der letzten fünfzig Jahre, würde ihn in eine Identitätskrise werfen, die ihm nicht zuzumuten ist. Wie sollte er das alles begreifen, daß sein Onkel, für den sich seine Familie heute noch schämt, weil er ein Feigling war und Verräter, plötzlich kein Verräter mehr ist und die Familie sich zu Unrecht geschämt hat?! Wenn der Onkel ein Denkmal bekäme, müßte sich der junge Soldat seines schämenden Vaters schämen, und der war ja nicht einmal im Krieg. Jakob sagt gelangweilt: »Ein Deserteur kann nur eine negative Figur des Heeres sein, egal, welchem Unrechtsregime er hätte dienen sollen.«

»Das ergibt doch keinen Sinn«, weiß Buchmüller eine Antwort, »der Deserteur des Zweiten Weltkrieges ist einem Widerstandskämpfer gleichzusetzen.«

Ein alter Mann, der das Gespräch mitverfolgt hat, tritt an Buchmüller heran: »Was willst du da gleichsetzen! Die sind ja eh gleich, beide sind Verräter! Was müßt ihr jungen Leute immer über Dinge reden, die ihr nicht versteht!«

»Die Gnade der späten Geburt erweist sich immer wieder als keine Gnade, weil man dazu verdammt wird, nicht mitreden zu dürfen« sagt Buchmüller lächelnd.

»Du brauchst nicht zu lachen, ich scherze nicht!« Die mit unsichtbaren Orden geschmückte Brust des alten Mannes, der aus manchen Kämpfen seines Lebens siegreich hervorgegangen ist, hebt und senkt sich bedrohlich. »Wir haben den Kopf hingehalten für unser Vaterland, für solche wie dich, was weißt du schon davon! ... Während einige Feiglinge weggerannt sind und uns allein gelassen haben mit den Russen.«

»Und dann haben die den Kopf hinhalten müssen,

während ihr die Schlinge um sie gezogen habt, mit dem Unterschied, daß ihr die Helden wart.«

»Ich habe nie eine Schlinge ...«

»Sie vielleicht nicht.«

»Was heißt hier vielleicht! Ich rede nur von mir, und was redest du?!« Der alte Mann tritt noch näher an Buchmüller heran.

Jakob versucht die geladene Stimmung zu entspannen: »Lassen Sie doch den Jungen, das ist ein Schüler von mir«, sagt er großzügig.

»Das haben Sie ihm beigebracht!« Der Alte wendet sich plötzlich Jakob zu.

»Schauen Sie, ich versuche meinem Schüler zu erklären, daß immer nur die gegenwärtige Führung beurteilen kann, was als Mord zu bewerten ist, und daß auch die Geschichtsforschung die Urteile nicht aufheben darf. Ein Denkmal wäre eine Legitimation, und ein Denkmal, wie er und seine Freunde es fordern, würde bedeuten, daß man die Geschichte neu schreiben müßte.«

Der alte Mann weiß nicht genau, wie das mit dem Mord gemeint war, deshalb sagt er schnell: »Als nächstes werden die ein Denkmal für Verbrecher und Spione verlangen.«

Ein Polizist, der die Szene beobachtet, stemmt die Hände in die Hüften, die Finger berühren seine Einsatzwerkzeuge.

Ein junger Mann, ein Rechtsradikaler wie aus einem Videoclip, stößt gegen den Tapeziertisch.

Jakob beobachtet: Wie dieser Faschistenverschnitt die rechte Hand zum Mund führt, zum rechten Mundwinkel, aus dem er die frisch angezündete Zigarette mit zwei Fingern, dem Zeige- und Mittelfinger, herauszieht, wie er den Kopf leicht zur Seite wendet und mit einem kehligen Knurren auf den Stapel Flugblätter ausspuckt. Wie er wieder seine rechte Hand zum Mund führt, dabei seinem ehemaligen Schüler ins Gesicht sieht, wie er geräuschvoll mit Genuß am Filter der Zigarette saugt, die Zigarette wieder langsam aus dem Mund nimmt, den Rauch in Richtung des Schülers ausbläst und gleichzeitig die Zigarette auf der Unterschriftenliste ausdrückt.

Der alte Mann beobachtet: Wie dieser stramme Bursche um den Tapezierertisch herumgeht, wie er auf den vorlauten Typ zugeht und ihm gezielt mit dem Ellbogen in die Seite stößt. Wie der wendige Bursche wieder um den anderen, der sich die Seite hält, herumgeht, wie er ihm mit der linken Schuhspitze einen Tritt auf das Schienbein versetzt, wie sich der Wehleidige bückt und der Alte weiß, daß jetzt ein gezielter Schlag auf den Kopf diese Auseinandersetzung beenden würde, aber er beobachtet weiter, wie der stramme Mann sich mit einem nochmaligen Tritt begnügt, diesmal mit der rechten Schuhspitze auf die das linke Knie schützende Hand des Provokateurs, und ihn mit seiner rechten Hand gegen den Tapezierertisch stößt.

Der Polizeibeamte beobachtet: Wie ein junger Mann einem anderen jungen Mann bei einem ordnungsgemäß angemeldeten Infostand etwas heftiger auf die Schulter klopft, wie der Beklopfte, der gerade seine Schuhe schnürt, gegen den Infotisch fällt, was aber kein besonderes Vorkommnis ist, da er auch weiter beobachtet, wie der sich entfernende junge Mann sich dem auf dem Boden liegenden anderen jungen Mann noch zuwendet und ihm lächelnd ein aufmunterndes Zeichen gibt.

Daß der sich nicht schämt, dem Klischee so zu entsprechen, denkt Jakob. Er hilft Buchmüller beim Aufstehen, der fragend, aber sprachlos um sich blickt.

»Schauen Sie, Buchmüller, Wien hat ja nicht einmal ein Denkmal für Freud«, sagt er ermutigend. Ein kleines Glück erhellt Jakobs Augen; er hat den Satz gefunden, der ihn aus dieser Situation befreit, er klopft Buchmüller auf die Schulter: »Kopf hoch, mein Junge, Freud hat das ja vielleicht auch nicht verdient, mit seinen Verdrängungstheorien.«

Jakob dreht sich im Weggehen noch um, und obwohl ihm Buchmüller nicht nachsieht, winkt er wohlwollend in seine Richtung.

10

Jakob geht auf den Schmerlingplatz. Er ist verärgert und müde. Er weiß nicht, warum er sich die Mühe macht, über den Zwischenfall in der Unterführung nachzudenken. Seit er nicht mehr unterrichtet, muß er sich nicht mehr täglich auf das Niveau seiner Schüler begeben, muß sich nicht täglich der Beurteilung unreifer, bedürftiger, egoistischer Jugendlicher aussetzen, sich an ihnen messen, letztlich auch seine Alltagsfähigkeit aus pubertärer Sicht wahrnehmen. Er muß sich nicht mit den Augen eines ungekämmten Buchmüller betrachten! Eigentlich hat Jakob diese sanften Revoluzzer immer verachtet. Wohin sie gehen, verbreiten sie wesenlose Tiefe, den melancholischen Blick unter halb aufgeklappten Augenlidern auf die Welt gerichtet und eine überhebliche Bemerkung auf der vorgeschobenen Unterlippe. Sie schmollen sich ein paar Jahre lang durch das Weltgeschehen und verschwinden dann unbemerkt. Sind plötzlich nicht mehr darauf bedacht, die Spuren des Lebens, der Nacht, am Tag zu demonstrieren, indem sie ungekämmt auf das Böse blicken, sie reihen sich einfach ein in die dicht gedrängten Reihen.

Jakob setzt sich auf eine Bank. Jetzt versteht er den Zwang der Mutter, die mit eingespeichelten Fingern tagtäglich an seinen Haaren nestelte; gern würde er Buchmüller mit dem Ekel konfrontieren, der in ihm durch die Erinnerung aufsteigt.

Ein kleiner Zettel, schon etwas verwittert, ist auf dem

Lehnbalken der Bank aufgeklebt. Das Foto einer sehr blassen Frau mit einer häßlichen grünen Narbe auf der Stirn. Jakob setzt seine Lesebrille auf. Die blasse Frau bleibt blaß, aber die Narbe erweist sich als ihr drittes Auge. »Wie oben so unten, wie innen so außen« kann man noch mühelos ablesen, weitere Botschaften haben andere Bankbenützer auf ihren Jacken und Mänteln mitgenommen. Noch so ein trauriges Zeugnis der Hilflosigkeit. Slogans, Reklamen, Zitate, verknappte Theorien, die durch schnelles Informieren das Wissen ersetzen wollen. Leicht überschaubare Häppchen, Seelensushi, vorgekaut, vorverdaut, vorformuliert und bebildert banalisieren jedes Thema, weil sie letztlich vorgekotzt sind. Die einen opfern ihre Vernunft dem Mond, die anderen suhlen sich in der Rolle der Unverstandenen.

Oben gibt es zuwenig Ozon, unten gibt es zuviel Ozon, und der Treibhauseffekt bewirkt, daß immer mehr Menschen mit den Windungen der Gedärme denken; und was dann aus dem Bauch kommt, ist wirklich traurig. Was für ein gräßlicher Februartag! Jakob rutscht ein Stück weiter auf der Bank, um den Aufkleber der sanften Verblödung nicht mehr sehen zu müssen.

Natürlich war der Vorfall in der Unterführung höchst unerfreulich. Vielleicht hätte er Buchmüller sagen sollen, daß er das Handeln des Neonazis aufs schärfste verurteilt, aber Jakob will sich nicht immer einmischen. Wegschauen tut er ja nicht, aber er will nach Möglichkeit draußen bleiben, obwohl er sich nichts vergeben hätte, hätte er dieses eine Mal Stellung bezogen und Buchmüller zu erkennen gegeben, daß er immer noch bereit war, väterliches Verständnis zu zeigen. Es ist nun einmal sein Verhängnis, daß er nach Möglichkeit alle

Seiten zu verstehen versucht und auch versteht. Er hat schließlich das Recht, keine Partei zu ergreifen, und außerdem ist schließlich nicht viel passiert, und außerdem war auch ein Polizist anwesend, und der hat gelernt, Situationen einzuschätzen, und außerdem hätte genausogut der hitzige Schläger sein ehemaliger Schüler sein können.

Das Leben ist zu kurz, um sich für alles zu interessieren, sich einzusetzen; nur die Tage sind manchmal lang. Es ist noch zu kalt, um auf einer Bank zu sitzen, aber Jakob hat jetzt keinen Sinn für Empfindlichkeiten, er muß zuerst sein ärgerliches Schuldgefühl neutralisieren, die Perspektive finden, aus der heraus ihm die Dinge gleichgültig werden. Eigentlich wollte er sich nur schnell aus der verpflichtenden Lage befreien, die Buchmüller um ihn konstruiert hatte, alles andere war ihm egal. Genau das war es; und hätten sie Buchmüller verhaftet, es hätte ihn nicht gestört, so unwohl hatte er sich gefühlt. Und wäre der andere sein ehemaliger Schüler gewesen, Jakob hätte sich nicht anders verhalten. Auf der Suche aus ihrer Arbeitslosigkeit gehen beide verschiedene Wege. Tätliche Angriffe sind zu verurteilen, aber wenn einer sich intellektuell unterlegen fühlt, darf man von ihm verlangen, daß er schweigt? Wenn er sich auf diese Weise bemerkbar macht, so ist es nur der Ausdruck seiner Hilflosigkeit.

Jakob kann sich aus seinen Gedanken nicht befreien, er ist sich zuwider, wie er den Zwischenfall zu entschuldigen versucht. Er wird Buchmüller zum Essen einladen und ihm dann die Möglichkeit geben, seine abstrusen Theorien loszuwerden. Jakob könnte sogar in seiner alten Schule nachfragen, ob sie eine Verwendung für einen ehemaligen Schüler haben. Wenn alle ihre Arbeit machen, haben sie weniger Zeit, um aneinanderzugeraten.

Auf dem Land ist das üblich, daß Schüler als Lehrer in ihre alten Schulen zurückkehren. Vielleicht läßt sich da etwas machen für den armen Buchmüller. Und der Lehrerberuf ist, wenn man mit Kindern kann, ein guter Beruf. Seine Kusine Emma sagte zwar einmal spitz: »Das ist kein Beruf, das ist bezahlter Urlaub.« Aber so einfach ist das nicht. Und die Emma ist nur eine bösartige, neidige Person, die sich unfreiwillig lächerlich macht. Auch sie arbeitet im Krankenhaus, im Labor, wie die Elisabeth. »Nach Ostern steigen die Cholesterinwerte, nach Weihnachten die Blutfette, das ist nutzlose Arbeit nach den Feiertagen«, hat sie ihm einmal zugeflüstert, denn Emma spricht nicht, sie flüstert und verleiht dem Gesagten etwas unpassend Vertrauliches. Nicht nur die Sätze, die mit »Hast du schon gehört« beginnen, werden von ihr geflüstert, sie enthüllt alles zu einem Geheimnis. Jakob ist es unangenehm, mit Menschen zu verkehren, die sich herausnehmen, den Zuhörer zum Verschwörer zu machen. Und Kusine Emma ist eine einzige Quelle der Verstörung. Als Kinder mußten sie lange Nachmittage miteinander spielen; jetzt müssen sie es zwar nicht mehr, aber es ist irgendein Familienzusammenhalt, ein selbständiges Sensorium, welches Emma in Jakobs Kopf bedient. Sie pflegen eigentlich keinen Kontakt, aber Emma ist da, Emma flüstert, und Emma knackst. Denn im Gegensatz zu dieser leisen Mitteilungsart benehmen sich ihre Kiefer. Ein lautes Knacksen begleitet ihr Kauen, als hätten die geknechteten Stimmbänder ihre Stimme an die Kiefergelenke weitergegeben. Ein Wehknarren bricht über jeder Wurstsemmel aus, wie die Holzbalken in einer alten Scheune. Nach dieser beleidigenden Bemerkung, es ist bestimmt schon zehn Jahre her, begann Jakob, ihr jeden Monat eine Ansichtskarte aus seinem »Urlaubsleben« zu schicken. Die Karten blieben unbeantwortet, sie kamen aber auch nicht zurück. Und da sie nicht zurückkamen, kamen sie an, und daß sie unbeantwortet blieben, war Jakob eine Bestätigung dafür, daß seine Waffe wirkte. Bei den seltenen Familienzusammenkünften, meistens Begräbnissen, kam die Sprache auch nie darauf. Sie flüsterte ihm irgendeine Begebenheit aus ihrem belanglosen Leben zu, Jakob erzählte etwas lauter als üblich irgendeine Begebenheit aus seiner nächsten Umgebung und überlegte bereits, was er ihr auf die nächste Ansichtskarte schreiben wird. Zum Abschied küßten alle einander zwei-, dreimal die Wange oder schmatzten in die Luft, und dann wurde im Weggehen noch umgedreht und nachgewunken ...

... er wird Buchmüller schon unterbringen und ihm dadurch die Möglichkeit nehmen, den Vorfall mißzudeuten ...

Auf dem kleinen Weg, der zu der Bank führt, auf die sich Jakob gesetzt hat, kommt das junge Mädchen von der Mahnwache gelaufen. Was für ein Zufall! Sie ist noch immer mit dem zu kurzen Rock bekleidet. Außer Atem bleibt sie vor Jakob stehen: »Gott sei Dank, hier sind Sie. Ich habe Sie schon überall gesucht.» Jakob muß aufstehen, ein seltsamer, heller Gesichtsausdruck, den er damals im Kerzenlicht nicht bemerkt hat, zwingt ihn, sich dieser Klarheit zu nähern. Jakob fühlt ihren Atem auf seiner Wange. »Ich muß mich bei Ihnen entschuldigen. Ich war blind vor Zorn und habe ihn an dem Falschen abreagiert, an Ihnen. Das wollte ich richtigstellen.« Ihr Blick unterstreicht scheu die Entschuldigung. Jakob ist gerührt. »Ich würde Sie gerne zum Essen einladen, bitte, Sie würden mir damit meine Ruhe wiedergeben.« Jakob ist beseelt, er sinkt förmlich in ihre Stimme, er sagt kein Wort, er handelt, er folgt ihr. Sprachlos schwebt er ihr hinterher, für Augenblicke, und doch stehen sie bereits vor einem Haus an der Wienzeile. Wie sind sie nur so schnell hierhergekommen? Die Zeit ist eine äußerst subjektive Sache, Jakob muß lächeln über den Schwung, der ihn erfaßt hat. »Hier wollen wir essen? Da ist doch kein Lokal?« sagt er ohne Mißtrauen. Er fragt, wie ein Kind einen Erwachsenen fragt, von dem es eine zufriedenstellende Antwort erwartet. »Ich sagte Ihnen doch«, erklärt das Mädchen geduldig, »ich muß mich noch umziehen, ich war nicht zu Hause heute nacht.« Sie steigen eine Wendeltreppe hinauf, die Gliederung des Hauses ist nicht erkennbar, kein Mezzanin, kein Stockwerk. Sie schließt die erste Tür, an die sie gelangen, auf, läßt Jakob eintreten.

»Aber das ist ja ...« Jakob stammelt seine Verwunderung, er fürchtet, die Sinne spielten ihm nochmals einen Streich, er eilt ohne zu fragen in die Wohnung hinein, sein Mund und die Augen weiten sich unkontrolliert.

»Nea Moni«, sagt die Frau ruhig, »Sie kennen das Kloster?«

Jakob faßt es nicht, er faßt sich nicht, er durcheilt nochmals die Wohnung, alles ist da ... »Aber wie kommt es hierher?! Wie kommen Sie dazu? Was ist das hier? Das ist doch nicht möglich!« Der Mund läßt sich nicht schließen, leichte Schauer ergreifen seinen Körper.

»So viele Fragen. Setzen Sie sich. Ich wußte, es wird Ihnen gefallen.«

Gefallen? Jakob ist entzückt.

»Die meisten Menschen finden es seltsam, wenn sie mich zum ersten Mal besuchen. Wissen Sie, ich war vor einigen Jahren auf Chios, und ich muß Ihnen nicht erzählen, wie ergriffen ich von Nea Moni war. Diese Festung der mystischen Spiritualität.« Sie bettet den Satz in eine angemessene Pause. »Der Bau ist so entschieden, wie die Mosaikfiguren vergeistigt sind. Dieser Gegensatz, die Vereinigung des Körpers mit dem Geist, bar jeglicher Verschwendung! Ein Ort, an dem sogar das physische Leben seine Indiskretion und auch die Banalität verliert.« Sie spricht sanft über die Ikonen, die sie umgeben, ersetzt jedes Steinchen durch ein Wort, reiht die Worte behutsam aneinander, bis die Auferstehung Lazarus' vollendet ist, der Judaskuß. Sie beschreibt das Wunder, das sie an dem wundervollen Ort erlebte. Jakob strahlt, er schwitzt und friert, jedes ihrer Worte fällt auf fruchtbaren Boden. Sie weiß um die Kraft der Sinne, sie weiß, daß das Leben närrisch und bedeutend ist. Jakob ist erfüllt von dem Drang dieser Frau, ihm alle Deutungen ihres Lebens anzubieten. »Und als ich sah, wie die Nonnen die sakralen Räume auch zum täglichen Leben benützen, ein abgebissenes Brot, eine Tasse, selbstgebackene Plätzchen lagen herum, beschloß ich, meine Wohnung dem nachzugestalten. Ich bin Restaurateurin und habe hiermit eine glänzende Abschlußprüfung geliefert.« Jakob ist zufrieden, alles läßt sich einfach erklären, er träumt nicht, er halluziniert nicht, er kann sich daranmachen, eventuelle Mängel festzustellen, er kann sein Wissen und seinen kühlen Kopf aus der

Verwirrung tauchen. »Die Materialien sind natürlich Nachahmungen. Fühlen Sie sich wohl, ich gehe in die Zisterne, ich wollte doch eigentlich nur duschen.« Jakob ist mehr als entschädigt für tausend Kränkungen. Der Apostel Jakobus sieht ihm mit Ergriffenheit zu, der Faltenwurf seines Gewandes gibt zwar nicht den Anschein einer leichten Bewegung wieder, die er kennt und bewundert, aber die Farben stimmen, der Blick, die unebene Oberfläche, nur den magischen Ort kann man natürlich nicht simulieren. Er setzt sich unter die Personifikation des Jordanflusses, genauso fühlt er sich jetzt, den Kopf leicht aus dem Wasser ragend. Für jede seiner Stimmungen sieht er einen passenden Ort, jede seiner Empfindungen findet die entsprechende Darstellung. Hier kann man die Innenwelten beobachten, nichts bleibt verborgen. Wenn schon so viele Tränen auf der Welt vergossen werden, dieses wäre der geeignete Raum. Jakob läßt sich tief in diese Ruhe fallen, in die warme Hand des sorgenfreien Lebens. Verweilen, nippen, kosten. Das bißchen Fleisch auf seinen Knochen färbt sich rosig ein, alle Wünsche erfüllen sich von selbst.

Monika erscheint wieder, sie ist nackt. Jakob kann aber ihren Körper nicht sehen, er weiß nur, daß sie nackt ist, aber sie ist so diskret, daß er sie in ein weißes Tuch gehüllt sieht. Mit beiden Händen umfaßt sie sein Gesicht, zieht ihn zu sich herauf: »Bist du zufrieden?« Jakob fühlt einen chaotischen Lebensdrang, er will, er will das geheime Wissen dieses Wesens in sich aufnehmen, die selbstverständlichsten Dinge geschehen lassen. Jetzt ist es an ihm, sich zu entschuldigen: »Ich habe Sie unterschätzt, ich habe Sie schändlich unterschätzt. Ich habe Ihnen nichts zugetraut, nur Frechheiten.« Sie greift ihm durch den Kragen auf den Rücken und kratzt langsam, schmerzvoll den Nacken herauf. »Ich bin aber um vieles älter als du«, stößt er hervor. »Ich bin um vieles jünger als du, das gleicht sich aus.« Schon ahnt er sein Hemd geöffnet, sie reibt ihr Gesicht an seinen Brusthaaren, zieht an ihnen, beißt, Jakob fühlt seine Haut ihr entgegenstreben, Gänsehaut, er zittert, bebt, er schaut in die Kuppel, Abstieg in die Hölle, ausgestreckt liegt er da. Eine ungeahnte Flagellantenlust erfaßt ihn, er, der Mönch, stöhnt hier und empfängt den Segen der Jungfrau von Nea Moni. »Ist es dir gut, ist es dir gut?« Ihr warmer Atem streichelt seine Wange. Jakob hat sein Paradies gefunden, er öffnet wieder seine Augen, sieht in zwei große fragende Kinderaugen: »Ist Ihnen nicht gut?« wiederholt das Kind. Jakob fährt in die Höhe, er muß eingenickt sein. Das Kind läuft weg zu seinem Hund, der sich an einer Hecke zu schaffen macht.

Jakob reibt sich die Augen, klopft seine schlaffen Wangen in die Tagesform zurück, er bewegt sich lustverloren vorwärts. In der Unterführung sind weder Buchmüller noch sein Infotisch. Aber jetzt hat er sich wenigstens nichts mehr vorzuwerfen, er wollte ja ... Er hebt ein zerknülltes Flugblatt, ein übriggebliebenes Denkmal an Buchmüller, auf, glättet es gedankenverloren, faltet es sorgsam auf Briefcouvertgröße und wirft es in den nächsten Papierkorb.

11

Habe die Ehre, Herr Doktor.« Das gibt es auch noch, die Lokale, in denen man sich die Ehre gibt, Jakob zu begrüßen und zu bewirten. Hier, in der »Goldhaube«, wird die Treue belohnt durch kleine persönliche Aufmerksamkeiten, Schmeicheleien. Jakob geht zufrieden zu seinem Tisch, auf dem sein Gedeck liegt. Er läßt sich von der Sicherheit eines Willkommenen tragen, in die Sicherheit einer Mittagsstunde, die eine gediegene Mahlzeit und eine verläßliche Regelmäßigkeit zu bieten hat. Jakob kennt keine Umstände, unter denen der Schutz dieser Lokalität nicht zum Tragen gekommen wäre. Sein Tisch ist sicher reserviert, die zuvorkommende Behandlung auch, er watet im Bodensatz einer wohltuenden Gefälligkeit. Auf dem Tisch liegt zuverlässig immer nur ein Gedeck. Herr Franz, der Ober, würde es nicht dulden, wenn sich Fremde an seinen Tisch setzten. Auch am Montag nicht, wenn aus dem nahe gelegenen Reisebüro die geschlossene Belegschaft zum Essen kommt und das Lokal gesteckt voll ist. Jakob läßt täglich genug Geld da, auch Trinkgeld. Er gibt nicht viel, aber verläßlich bezahlt er den freundlichen Gruß.

Der Ober bietet zwei verschiedene Ansagen an, das ist seine Art, die Bestellung einzuleiten, das ist auch das einzig Ungewisse bei Jakobs Mahlzeiten. Wird er »Haben Sie schon gehört?« oder »Gibt es etwas Neues?« sagen? Die Formel: »Haben Sie schon gehört?« bedeutet bei Herrn Franz aber nicht unbedingt, daß er ihr tatsächlich nicht Gehörtes oder Unerhörtes folgen läßt. Genausogut kann es passieren, daß Herr Franz seinen Bleistift hinter dem Ohr hervorholt, mit der stumpfen Spitze gegen den kleinen Block klopft und kopfschüttelnd urteilt: »Ach, das wird Sie nicht interessieren.«

Jakob ist es angenehm, daß da einer vor ihm steht, der umsichtig das weniger Interessante von ihm fernhält. Der Ober garantiert durch seine Umsicht den reibungslosen Ablauf, und er denkt nicht daran, in Pension zu gehen und dadurch Jakob irgendwelchen Irritationen auszusetzen. »Solange ich noch ein Tablett tragen kann ...«, versichert er seine Entschlossenheit, wann immer es Jakob hören will. Und Jakob will es immer wieder hören, weil er sich hier wohl fühlt; weil ein Lokal vom Kellner geprägt wird und nicht vom Besitzer und weil dieser Verlust nicht auszudenken wäre! Der Kellner macht die Stimmung in einem Gasthaus, seinetwegen findet sich ein Publikum ein und nicht ein anderes.

Wenn in einem Kaffeehaus in der Dessertvitrine langsam Underbergflaschen um die Kuchen drapiert werden, so setzt ein neuer Kellner Zeichen für sein Zielpublikum, er bringt neuen Schwung oder Flaute mit sich. In kürzester Zeit drapieren sich um die Stammgäste die ersten Alkoholiker, und bald liegen nur noch zwei Krapfen inmitten von Underbergflaschen. Das hat Jakob schon erlebt, und wenn er jetzt unterwegs zur »Goldhaube« Veränderungen wahrnimmt, ein geschlossenes Geschäft, ein Gerüst an einem Haus, sagt er lauernd zum Ober: »Herr Franz, Sie sind der geborene Kellner. Daß Sie einmal zu Hause sitzen und nur noch Kreuzworträtsel lösen oder Rosen pflegen, das kann ich mir nicht vorstellen!?«

»Ich auch nicht, Herr Doktor.« Erwidert dann der Ober, als wäre es zum ersten Mal: »Solange ich ein Tablett tragen kann …«, geht er dann zur Routine über.

Heute ist ein »Gibt es etwas Neues?«-Tag. »Zum Glück nichts Neues«, hört Jakob sich sagen. Das Leben ist nur im Film oder im Buch spannend, dort überschlagen sich die Ereignisse, aber das Leben ist zum Glück nicht so, es ist eher ein Kampf um die Gewohnheiten, Stabilität, gegen verunsichernde Vorkommnisse von außen. Ein Leben ist voller Episoden, aber ereignislos. Es gleicht den logarithmischen Tabellen. Nur wenige kennen sich aus, und die wenigsten können sie berechnen, aber durch die übersichtliche Gliederung findet sich früher oder später jeder zurecht. Der Vorgang der Berechnung ist derart unnötig, daß er nicht mehr gelehrt wird. Auch die Tabellen werden nicht mehr benützt, da die Taschenrechner bei richtiger Bedienung auf noch wundersamere Art das Ergebnis liefern.

Dafür gibt es andere Tabellen, Schemata. Was für ein Tag ist heute? Und schon weiß man den Stundenplan, heute ist der »Report«, heute ist die »Hörspielpremiere«, heute kommt die und die Zeitschrift, heute ruft wieder Max an, die Überraschungen müssen die Höflichkeit besitzen, angekündigt zu sein, und die Sprossenwand der Tage bekommt ein stabiles Gerüst.

»Herr Franz, was haben Sie heute für ein Menü?«

»Heute ist Mittwoch, Herr Doktor, was werden wir schon haben? Wurzelfleisch haben wir, vorher eine leichte Frittatensuppe und après einen warmen Milchrahmstrudel.«

»Das ist ausgezeichnet, das nehme ich. Mit viel frischem Kren, sagen Sie das bitte in der Küche, Herr Franz.«

»Mache ich, Herr Doktor. Einen Gespritzten?«

»Aber ein bißchen angewärmt.«

»Kommt sofort.«

Das ist das Mittwochgespräch. Heute ist Dienstag.

Jakob trinkt seinen lauen Gespritzten. Ereignisse sind zumeist mit Unsituation, Unmensch, Unort, Unglück oder Unordnung verbunden. Jakob strebt diese Art von Erlebnissen nicht an. Veränderungen kommen in der Regel auch ohne gewaltsame Einschnitte aus, man wächst hinein, oder man wächst heraus, unmerklich. Jeden Sonntagmittag ißt jeder Österreicher sein Schnitzerl, und am Montag in der Früh, bei guter Verdauung, scheidet er den Rest aus. Tonnen zersetzter Schnitzel werden zur gleichen Zeit, flächendeckend über das Land gespült, und unmerklich, über diese Tradition hinweg, werden im Laufe der Jahre die Dinge anders beurteilt. Die gleiche Verdauung begünstigt ein annähernd gleiches Denken, und deshalb fruchten behutsam eingeflochtene Korrekturen des täglichen Selbstverständnisses am besten am Wochenende.

Sechzig Prozent der Bevölkerung knüpfen ihr nationales Selbstverständnis mehr oder weniger an die Neutralität des Landes, so hat es Jakob in einer Zeitung gelesen. Das kleine, schmale l, das sich lieblich an die Substantiva anhängen läßt, das den Österreicher bequem aus der Verantwortung entläßt, macht auch aus der Position nur ein harmloses Platzerl. Sechzig Prozent der Bevölkerung knüpfen ihr nationales Selbstverständnis mehr oder weniger an die Neutralität des Landes. Ein gutes Jahr lang wird das Volk in kleinen Prisen, unmerklich, darauf vorbereitet, daß die Änderung dieser Position angebracht ist. Das ist der Unterschied zwischen Buchmüllers Hitzköpfigkeit und Staatspolitik. Unauffällige Wochenenden werden benützt, um die Neutralität auf eine Vokabel zu reduzieren. Und es funktioniert, denn an keinem anderen Tag der Woche sind so viele Menschen gleichgeschaltet, die Nachricht sickert in die Schnitzelglückseligkeit, und langsam werden die Dinge anders beurteilt werden. Selbst Jakob beurteilt sie anders, obwohl er sich für einen kritischen Konsumenten hält, obwohl er weiß, daß diese scheinbar streunenden Gedanken zielgerichtet sind. Er durchblättert die Illustrierten mit der Gewißheit, daß ihm weder Beeinflussung noch Information widerfährt, und daß er ab und zu seine Meinung ändert, verdankt er seinem noch wendigen Geist. Er weiß, wie Artikel entstehen und wozu sie geschrieben werden. Das Leben bietet nur wenig hohe Wellen, deshalb stürzt sich das stille Dasein dankbar auf die hochgepeitschte Lektüre über Dinge, die dennoch passieren, irgendwem, den keiner kennt, den man aber bereitwillig für ein paar Tage oder für einen Nachmittag in die Mitte seiner Interessen nimmt. Auch die Fernsehanstalten haben sich diesem Bedürfnis nach Erlebnis und Regelmäßigkeit gebeugt. War es noch vor wenigen Jahren verwirrend, im Wochenrhythmus einer Familiensaga zu folgen, weil das Erfassen vom Weristwer? durch mangelnde Übung über der Handlung stand, meistert heute auch der gemäßigte Zuschauer spielend diese Hürde. Täglich kann man sich zu zehn oder mehr Familien einladen und miterleben, wie die Familie Johnson, MacMorning oder Petz mit Mord, Totschlag und Finanztransaktionen fertig wird.

Jakob verurteilt zwar diesen inszenierten Erlebnishunger, Angebot und Nachfrage, der zur Folge hat, daß man sich so etwas anschaut, aber die Familie Flint ist ihm sympathisch. Vor allem Barbara, auch wenn sie zu ihrer Schwiegertochter Maggie nicht immer nur freundlich ist. Sie hat Maggie durch eine Intrige in den Glauben versetzt, daß ihr Mann Patrick, also der Sohn von Barbara, eine Beziehung zu seiner Sekretärin hat. Es ist jetzt zu erwarten, daß sie sich von Patrick trennt. Barbaras größte Sorge ist nun, Maggie so auszuschalten, daß sie keine Möglichkeit bekommt, Geldforderungen an die Familie zu stellen, um dem Imperium keinen bleibenden Schaden zuzufügen.

Diese winzige Familienzugehörigkeit ist das Äußerste, das Jakob sich erlaubt, auch wenn das eigene kleine Leben noch ein Stückchen mehr in den Hintergrund gedrängt wird.

Aber im Laufe der Jahre wächst eine Biographie überall an. Ein Schulabschluß, Heirat, Berufswechsel, ein Todesfall, ein Autounfall, eine Trennung, eine gestohlene Geldbörse, ein abgeschlepptes Fahrzeug, Urlaube, Grundstückskauf, Hausbau. Das ist die Summe vieler Tage, aber der Tag selbst ist nur ein Tag, der den anderen ablöst. In der mitternächtlichen Geistersekunde übergibt ein Tag dem anderen seine Nichtigkeiten und die Protokolle der anderen, vorangegangenen vielen Tage, und der junge Tag schleppt sie mit sich, entlang des Zifferblattes, bis er vielleicht aus einem Bündel Protokolle ein Ereignis schnüren kann.

Wenn man die Verwandten mitbedenkt, bekommt die Geschichte ein schöneres Gefälle, der Schulabschluß der Tochter, die Geburt des zweiten Enkels, die Nierenextirpation der Gattin, der Alkoholismus des Onkels, das treibt die Geschichte voran, aber im Vergleich zu einer fünfundzwanzigminütigen Fernsehfolge bleibt es bedeutungslos. Der Erlebnishunger wird so und so nicht gestillt.

Jakob schaufelt gierig die Eiernockerl in seinen schlampig kauenden Mund. Sie sind heute so weich, daß schon ein kräftiger Druck der Zunge gegen den Gaumen sie schluckfertig zerquetscht. »Zum Glück nichts Neues«, hat er geantwortet, jetzt weiß er nicht, ob diese Antwort nicht eine feige Antwort ist. Man wechselt schnell die Floskeln und nimmt sich hinterher auch nicht die Zeit zu überlegen, wieso wer welche Floskeln verwendet. So ist es, denn auch eine Floskel verrät seinen Benützer.

»Herr Franz!« Jakob ruft durch das ganze Lokal. Das ungewohnte Rufen Jakobs mitten im Hauptgang veranlaßt den Ober zur sofortigen Reaktion.

»Ja, Herr Doktor, ist was nicht in Ordnung mit den Nockerln?« eilt er an den Tisch heran.

»Ein bißchen weich sind sie, aber ich wollte Ihnen nur mitteilen, daß ich nichts gegen etwas Neues einzuwenden habe.«

»Wir haben aber immer nur ein Menü.«

»Das meine ich nicht. Zu Ihrer Frage von vorhin. Vielleicht hätte ich ›leider nichts Neues‹ antworten sollen, nicht ›zum Glück‹.«

»Schon notiert«, sagt der Ober höflich und geht zurück zu seinem vollen Tablett.

Zufrieden zerquetscht Jakob weiter die Eiernockerl mit seiner Zunge.

Dr. Hoffmann, ein großer Kugelfisch, kommt herein.

Sein runder, weißer Kopf ist sein eigentlicher Körper, in dem er gegen die Gesetze der Schwerkraft zu leben scheint. Die Hand, mit der er das Glas aufnimmt, die Beine, die ihm dem Boden zugewachsen sind, sollen nur darüber hinwegtäuschen, daß er nicht schwebt, sie sollen der Irritation vorgreifen, daß es so etwas gibt. Dr. Hoffmann geht zu seinem angestammten Platz an der Theke. Herr Franz befreit ihn von der lästigen Pflicht einer Bestellung, er stellt unaufgefordert ein Viertelglas Rotwein vor ihm ab. Dr. Hoffmann ist das Synonym für ein tragisches Schicksal in der Mittagsgesellschaft der »Goldhaube«. Er trinkt sein Viertel, er hat schon gegessen, oder er wird erst essen, aber keiner will es genau wissen, weil jeder weiß, daß Dr. Hoffmann ein bekannter Anwalt war, er war der Hoffmann für Kartellrecht. Seine Publikationen machten ihn in der Fachwelt über die Grenzen hinaus bekannt, wie man es nachlesen konnte, als sein Lebensstil aus den Klatschspalten in die Chronik und Kriminalität abrutschte.

Denn heute überschulden sich nicht nur die jungen Leute, die geschlossene Kreditkampagne der Banken hat erfolgreich gegriffen. Die Werbeblöcke in den Medien werden immer länger und die Wunschzettel der Bevölkerung auch. Wozu werden die Dinge produziert? Um gebraucht zu werden. Und daß sie gebraucht werden, nötig sind, zeigt einem spätestens ein Kollege, der seine neu erworbene Sache zumindest zum Repräsentieren verwendet.

Jakob beurteilt die Dinge nach ihrer Nützlichkeit und fragt dann nach ihrer Notwendigkeit. So schützt er sich doppelt vor Angeboten und kann trotzdem die Freude der Verkäuferin über ein besonderes Material oder die Vielfalt der Funktionen eines Gerätes teilen. Einkaufen gehen ist Jakob eine Abwechslung, etwas zu kaufen, zu benötigen und es sich dann auch tatsächlich zu besorgen, trennt er skeptisch von der Lust an den Dingen. Vor Jahren hat er sich einen bunten Trainingsanzug gekauft, als viele so salopp gekleidet durch das graue Straßenbild zu joggen begannen. Im Winter erfreut er nun sein Klappbett mit dem fliederfarbenen Ding, mehr Mut zur Verwendung des Trainingsanzuges hat er nicht aufgebracht. Dr. Hoffmann hat sich wahrscheinlich zu mehr unüberlegten Dingen verleiten lassen. Das ist der Druck der Öffentlichkeit, der Preis für schmeichelhafte Zeitungsartikel.

Seine Wohnung mußte Jakob nie kritischen Blikken aussetzen. Die Möbel bekamen mit den Jahren die Chance, über ihre Nützlichkeit hinauszuwachsen und liebgewonnen, erinnerungsbeladen zu werden. Der dreieinhalb Meter lange Wandschrank, der einzigartig in seiner Zweckmäßigkeit war, als er ihn kaufte, stand jahrelang grob und düster im Wohnzimmer. Charakter entwickelte er erst, als die Scharniere erneuert und das eine unter der Last des Fernsehapparates angeblich wegen unsachgemäßer Verwendung schief gewordene Regalbrett ausgewechselt werden mußten. Jetzt nähert er sich behutsam diesem Wandverbau wie einem kränklichen Freund. Hätte er aus Repräsentanzgründen seine Wohnung immer wieder neu gestalten müssen, wären solche kleinen Schäden nicht entstanden, und die Wärme, die Jakob für den Schrank hegt, die wiederum ins Zimmer zurückstrahlt, hätte sich nie eingestellt. Auch die Erinnerung an den unbeholfenen Handwerksburschen, der ihm wegen der Reparatur geschickt wurde und der immerzu mit seiner Firma telefonieren mußte, ist wie die einzelnen Bauteile des Kastens mit ihnen verbunden. Die Zweckmäßigkeit ist geblieben, und die ab- und ausgestellten Gegenstände sind in einer anderen Zusammensetzung nicht mehr denkbar.

Dr. Hoffmann war für drei Jahre im Gefängnis, wegen fahrlässiger Krida, und das soll gar nicht selten sein, heute, bei den Anwälten. Sie repräsentieren und investieren sich bis in den gesellschaftlichen Tod hinein. Man möchte denken, gerade sie müßten es besser wissen, aber vielleicht denken sie, sie könnten es besser.

Jetzt gibt er Nachhilfeunterricht für Jusstudenten. Er lebt ein fremdes Leben, so wie andere erzählen und daran glauben, im früheren Leben Berater Josefs II. oder Bibliothekare in Alexandrien gewesen zu sein. Er war ein erfolgreicher Anwalt, seinem neuen Leben ist er nicht mehr gewachsen. Vielleicht braucht man ja mehr Größe, um abzusteigen, als um groß zu sein. Diese Erfahrung fehlt Jakob, denn ein Lehrer bleibt dort, wo er begonnen hat, nicht einmal die Umgebung altert mit, sie wechselt bloß. Und nun ist er auch Lehrer, der Dr. Hoffmann. Vom alten Leben trennen ihn der berufliche Tod und eine Wiedergeburt in ein kleineres Leben. Ein zweifelhaftes Vergnügen, mit intakter Erinnerung mehr als eine Person in sich zu tragen. Widerstandslos scheint er nun gegen die Zeit, die zweifach durch ihn durchgeht. Über die geweiteten Augen senken sich langsam, wohlwollend die abgenützten Augenlider, sie verhängen immer tiefer einen erstaunten Ausdruck, verändern ihn zur milden Verzweiflung. Seinen beschädigten Eindruck verstärkt er auch noch durch ein Pflaster, das ihm täglich an einem Finger oder auf dem Kinn klebt.

Vermutlich leidet er unter dem Entzug seiner früheren Umgebung, Freunde, Familie, Besitz, Wertgegenstände, Gebrauchsgegenstände und verunstaltet sich täglich an den ungewohnten Kanten und Klingen seines neuen Lebens. Wahrscheinlich ist er mit dem Vergessen derart ausgelastet, daß er kein neues Leben mehr aufbauen kann. Er baut ab, kippt sein nicht mehr benötigtes Wissen und die Fertigkeit, mit Gegenständen, die ihm nicht mehr zur Verfügung stehen, umzugehen, auf eine private Müllhalde, bis seine Fähigkeiten nur noch den Erfordernissen eines Lebens entsprechen, das er in absehbarer Zeit führen wird. Ein tragisches Schicksal eben, auch wenn der Lehrberuf ein schöner ist und hier der Erfolgszwang für ihn nicht so groß wäre. Er hat sich verkalkuliert, konnte man tagelang nachlesen, wenn auch wahrscheinlich in allerbester Absicht, aber nur wenige Aussagen oder Handlungen lassen sich entschuldigen, und keine läßt sich zurücknehmen. Und wenn einmal die Medien mit ihren Walzen das Schwarze aufs Weiß befördern, vergeht einem der Appetit.

Jakob kennt sich mit Investitionen aus. Herr Franz bekommt heute mehr Trinkgeld; auch er soll sich daran erinnern, daß Jakob das Neue nicht scheut. Die kurzen Röcke der Schülerinnen waren eine Fehlinvestition, nicht verurteilt, nur belächelt, aber beim Herrn Franz ist sein Geld gut aufgehoben, und das verschwörerische Lächeln des Herrn Franz ist bei Jakob gut aufgehoben. Solche Allianzen werden für das ganze Leben geschlossen. Und sollte die »Goldhaube« einmal zusperren, Jakob würde Herrn Franz in einen anderen Bezirk folgen, bis zum wohlig verläßlichen »Haben Sie schon gehört?« oder »Gibt es etwas Neues?«.

12

Jakob sitzt vor dem Fenster, vor der verregneten Straße.

»Dieses Jahr werden wir einen schönen Frühling bekommen«, hat die Nachbarin Freudensprung Jakob förmlich zugezwinkert. Sie legte viel Wärme und die ekelhafte Wollust eines lange unberührten Körpers in ihre Stimme, als hätte sie vor, ihr gewohntes Leben zu unterbrechen und sich dem Frühling oder Jakob auszuliefern.

Er beschließt, einige Handgriffe in der Wohnung zu tun, bevor er seine Wege fortsetzt.

»Bevor«, denkt er, ist nicht nur ein Auftakt, es kann auch ein Einschub sein, aber »bevor« hat vor allem die Sicherheit der Zeitenfolge. Ein kleines Wort voll Optimismus. Er beschließt, das Wörtchen öfter zu verwenden, zielgerichtet und Zukunft verheißend.

»Bevor Sie die Tür schließen, eine Frage«, spannte ein Zeuge Jehovas Jakobs Geduld: »Möchten Sie nicht mehr erfahren, was Gott vorhat mit der Erde?« Er mochte nicht.

Bevor. Jakob sieht sich mit fremden Augen im Zimmer um und beginnt mit leisen Aufräumarbeiten.

Bevor man sich ein Zimmer einrichtet, richtet man sich im Körper ein, um sich dann entsprechend auszuweiten, als Möbel und Tapete. Der Zeitgeist jeder Epoche zeichnet Idealformen vor, und der individuellen Ausgestaltung bleibt nichts anderes übrig, als die vorgegebene Richtung einzuschlagen und die momentane

Illusion einer Gesellschaft gut oder besser nachzubilden. Alle atmen dieselbe Luft, alle schützen sich vor demselben Wind. Es ist immer nur der Wind, der einem ins Gesicht weht, alles andere ist harte Arbeit. Über die rohe Form, die man sich angegessen oder abgehungert, auftrainiert oder abgeschwitzt hat, wird dann das Idealbild von sich selbst gestülpt. Ein unsichtbares, straffes Korsett, eine fixe Idee aus eingebildeten Schwächen und Stärken. Das Idealbild ist aber nicht nur eine Phantasie, ein Wunsch, der schnell gewünscht wird, das Idealbild ist ein ausgeklügeltes System, das aus vielen Fehleinschätzungen besteht und aus einer Fülle von Konjunktiven gesponnen wird. Eine Bemerkung aus der Kindheit, ein aufgeschnappter Satz, eine Geste des bewunderten Schauspielers. Es ist der Wimpernschlag im richtigen Augenblick, der ein ganzes Leben beeinflußt.

Es gibt Menschen, die einen guten Teil ihres Tages darauf verwenden, ihrem Körper eine Gestalt zu geben. Er denkt kurz an die Nachbarin, aber die meint er nicht. Ernährung, Sport, aber auch der Grad der Gelassenheit, die sie zur Bewältigung der Tage aufbringen, prägen ihr Erscheinungsbild. Eine glänzende, spröde, trockene, faltenreiche oder faltenlose Haut ist schließlich nicht nur der Creme mit den aktivsten Liposomen zuzuschreiben. Das Image muß erarbeitet werden, ob durch Bekleidung, Haarfarbe, Schönheitschirurgie, Kaschierung, und das ist dann erst der kleinste Kreis einer sich weitenden Spirale, in der der Gestaltungswille auf die Wohnung, die Stadt, das Land übergreift. Aus der Mitte dieser Spirale wird das Idealbild von sich selbst erbarmungslos auf größere Objekte reproduziert. Aber auch wenn die jungen Männer aussehen, als würden sie das Einfühlungsvermögen aus ihrem täglichen Müsli in sich schaufeln, denken und handeln sie immer noch genauso, wie Männer immer schon gedacht und gehandelt haben, nur trauen sie sich heute nicht mehr, es zu sagen; das ist der einzige Unterschied zwischen den Männergenerationen, und kein Mann kann Jakob vom Gegenteil überzeugen. Die Modetrends der Verkleidung sind bloße Signale, an verschiedene Zielgruppen von Frauen gerichtet; die Triebfeder bleibt dieselbe.

»Erkenne dich selbst«, flüstert es bereits in den kleinen Mädchen, und sie projizieren fleißig ihre Gefühle auf Puppen und verschaffen sich dadurch einen emotionalen Vorsprung von zwanzig Jahren. Männer projizieren ihre Gefühle auf Frauen, einsame Alte auf Hunde und Kanarienvögel. »Heute ist er ganz garstig«, lächeln sie dann mild. Dieses ganze Projizieren hat nur den Zweck, sich selbst zu trösten, sich aufzubauen oder sich zu verstecken. Es ist nur ein Bevorgefühl, eine Generalprobe. Egal durch welche Puppe, welchen Hund, welche Frau. Das war so und das bleibt so. Ein Mann grapscht, wie man das heute nennt, wenn er eine reizvolle Gelegenheit sieht, ob er nun Jeans, Anzug oder Skaterhosen trägt, ob er nun mit der Hand oder innerlich grapscht. Bevor er fühlt, befühlt er eben, Jakob lächelt wohltätig.

Natürlich gibt es auch Menschen, die, egal wo sie sich befinden, sich nicht verändern, sich nicht beeindrucken lassen, nichts in sich hineinlassen. Sie machen mitten in einem Satz eine Pause, weil die anderen Menschen ihre Aufmerksamkeit dem Theaterstück oder dem Konzert, in dem sie sich gerade befinden, zuwenden, und setzen ihren Satz, nachdem der Applaus verklungen ist, unbeeindruckt fort.

Ein Zimmer in Jakobs Wohnung ist ungeheizt, nicht aus Sparsamkeit, er bewohnt es nicht. Seit er keine Nachhilfestunden mehr gibt und keinen Besuch bekommt, hat er keinen Bedarf an drei Zimmern. Je mehr Räume er benützt, desto mehr Staub wirbelt er auf, und den müßte er dann aufwischen oder wegsaugen. Und dafür braucht der Mensch nicht so viele Räume, daß er sie sauberhalten muß, wenn er sowieso in einem Zimmer bequem alle Tätigkeiten verrichten kann. Die Sitzgarnitur in dem kalten Zimmer ist mit Leintüchern zugedeckt, ein elegantes, ausziehbares Stück, das er früher auch zum Schlafen benützt hat. Jetzt schläft er im fensterlosen Kabinett auf einem Klappbett und wohnt in seinem Wohnzimmer.

Jakob holt das Bügelbrett aus dem unbenützten Zimmer, denn Bügeln ist Wohnen, und er bügelt seine Hemden im Wohnzimmer. Auf einer Stange zwischen Türrahmen und Vitrine warten die Hemden, auf Kleiderbügel gestreckt, aufgereiht wie Soldaten. Gegen das wohlmeinende Anraten der Erzeugerfirma, die auf der eingenähten Gebrauchsinformation der Wäschestücke ein kleines Dreieck aufdrucken ließ, welches »nicht stärken« bedeutet, stärkt Jakob seine Hemden. Das nachteilige Kratzen des Kragens im Genick wird beim Bügeln belohnt. Noch die nassen Hemden spannt und glättet er der Knopfleiste entlang, am Kragen und an den Manschetten. So präparierte Kleidungsstücke sind in zwei Minuten gebügelt. Er fährt mit dem heißen Bügeleisen über die linke Manschette, die rechte Manschette, über die Knopflochleiste, den Kragen und zum Schluß noch über die rechte und die linke Vorderseite im Brustbereich, alles andere bleibt ungebügelt, weil unsichtbar unter dem Jackett.

Jakob läßt sich heute Zeit, unzählige Male hat er bereits jedes seiner Hemden fürs Ankleiden vorbereitet, sie sind ihm vertraut. Die meisten sind weiß, aber er kennt sie beim Namen, auch wenn sie in Wirklichkeit keinen haben. Diese Beziehung zur Kleidung fehlt allen Menschen, die ihre Sachen nicht selbst bügeln, davon ist er überzeugt. Denn es genügt nicht, eine Hose, ein Hemd zu mögen oder es nicht zu mögen; es ist wie ein Zusammenleben mit einem anderen Menschen, mit vielen anderen Persönlichkeiten. Dieses Hemd, schneeweiß wie viele andere, hat er bei der Verhandlung getragen, eine üble Verleumdungsgeschichte, aber er weiß es genau, wegen der winzigen, dünnen blauen Linie von einem Kugelschreiber auf dem rechten Ärmel. Irgendwie ist ihm damals der Schreibstift in den Jackettärmel gerutscht, er mußte ihn dann herausschütteln, der Stift fiel zu Boden, es war eine unangenehme Situation.

So viele Dinge gibt es, die man vergißt, ohne es beabsichtigt zu haben, und andere wiederum, an die man sich ungern erinnert, hinterlassen kleine blaue Linien. Jakob wurde zwar vom Vorwurf des Mißbrauchs eines Autoritätsverhältnisses rechtskräftig freigesprochen, aber schon infolge der ersten Anschuldigungen wegen sexuellen Mißbrauchs von Schülerinnen und einer Nachhilfeschülerin zuerst beurlaubt und anschließend frühpensioniert.

Jakob zieht ein frisches Hemd an, er lächelt, die Dinge bekommen oft eine Eigendynamik, und plötzlich steht man zu Mittag in einem sauberen Hemd da, obwohl man sich in der Früh bereits ein sauberes angezogen hat. Es ist nur der verführerische Duft der frischen Wäsche, die sich unter dem heißen Dampf im Raum verbreitet, denkt Jakob.

13

Ein schwein, ein Fahrrad, ein Ventilator. Das Schwein schillert in allen nur vorstellbaren Farben, das Fahrrad und der Ventilator schweben elegant stahlblau im Bild, die befremdliche Gruppe ist vor einer Berglandschaft drapiert, im Himmel steht »Adler« geschrieben, auf Adlerschwingen aus Wolken. Dem Zufall ist nichts überlassen, das weiß Jakob. In der reizvollen, reizverstauten Stadt müssen die Werber danach trachten, daß sich ihr Produkt wie ein Leuchtturm aus dem Wirrwarr abhebt. Gnadenlos steht ein Leuchtturm neben dem anderen. Worte, Informationen, von vielen Köpfen erdacht, haben hier ein anderes Verhältnis als die Worte in Zeitungen oder gesprochene Worte. Ein gut plazierter Satz auf einem Plakat kann schlagartig den Mund austrocknen, Unruhe hervorrufen, und davon erlöst nur noch ein noch besser plaziertes Logo, ein Schriftzug, einer Erkenntnis gleich. Ein Logo hat die Zauberkraft einer Beichte, Simsalabim Avemaria, und nun weiß wirklich jeder, wie was zusammenhängt, die Irritation ist verblasen, der Engel kann fliegen, falls er nicht unvorsichtigerweise zuvor durch einen empirischen Versuch bewiesen hat, daß es ihn gar nicht gibt. »Ach so«, sagt Jakob. Das Schwein, das Fahrrad, der Ventilator, er lächelt, legt bei weiterer Betrachtung den Kopf zur Seite. Logo kommt wahrscheinlich von logisch, »na logo«, denkt er, und sein Witz befriedigt ihn.

Die Rätsel auf den Plakaten, kleine geordnete Welten, liefern immer auch die richtige Antwort, das ist das

Spiel, jeder geübte Passant weiß das und assoziiert unaufgefordert Schwein, Fahrrad, Ventilator zum Produkt. Das geht immer, es funktioniert wie die Traumdeutung. Die Lücken wurden erfunden, um geschlossen zu werden, auf jede Weise. Ein aufmerksamer Spaziergänger, der es darauf ankommen läßt, kann sich in kürzester Zeit von einem Blitzlichtgewitter an Logos befeuern lassen, als Zeitvertreib. Wären auf jedem Plakat ein Schwein, ein Fahrrad, ein Ventilator zu sehen, nur eben mit einem wechselnden Logo, es würde nichts an der Erkenntnis ändern, weil jeder so sehr auf das Erklären und Begreifen konditioniert ist. Jeden Augenblick läßt man sich gern verwickeln, jede Art von Erinnerung und Erfahrung drängt in den Ganglien, in einer ununterbrochenen Folge von Rätseln und Enträtselungen. Nur keinen Stillstand; wie die Zeit vergeht. Die Zeit zwischen stop und go an der Ampel, denn jeder neue Gedanke, Reiz ist eine Ampel. Den ganzen Tag wird die Zeit vertrieben, flankiert von Hilfen, Hindernissen, freundlichen Irritationen. Die Zeit wird vertrieben, aber wohin? Sitzen irgendwo an unbekannten Orten Wesen, die diese vertriebene Zeit mit viel Geduld ertragen?

Aber die Irritation macht wach, bereits die Unachtsamkeit eines Plakatierers, der die Nasenlöcher eines Durchschnittsgesichtes so übereinanderklebt, daß die Augen ein wenig zusammenrücken, erfreut sich größerer Aufmerksamkeit. Die Irritation beschäftigt. Schon das leiseste »Was ist das?« mobilisiert den Spieler. Es bildet eine Einheit, die durch die gemeinsame Routine zusammengehalten wird. Die Kunst muß provokant sein, oder zumindest der Künstler, oder wenigstens ein Interview des Künstlers, oft genügt schon ein einziger

Sager, und der Nobody ist berühmt. Das sind Spielregeln, stop und go. Aber das wirklich Unangenehme an Plakatwänden ist nicht ihre aufdringliche Präsenz und das sich mit Bild und Spruch ins Denken schleichende Bedürfnis, das Beworbene zu besitzen oder wenigstens darauf zu verzichten, es ist ihre Geschwätzigkeit, die Jakob ärgert, die zutiefst privaten, intimen Assoziationsketten, die über die gesamte Fläche wie Köder ausgelegt sind. Jakob versucht sich an ein Gespräch zu erinnern, an einen Namen, er müht sich ab, versucht sich an Dinge zu erinnern, die wichtig sind, die er nicht vergessen wollte, und plötzlich, peng, boing, wumm, sitzt er in der Wiese, fällt vom Fahrrad, oder es geschieht sonst etwas, das längst geschehen ist, erledigt, bewältigt, nichtig, vergessen. Er geht verloren, an ein Wort, ein Etikett, an Gefühle, die taktlos, öffentlich präsentiert werden! Ertappt bleibt er dann stehen.

Das Wäscheetikett, das unverwüstbar von den längst aus der Form geratenen Wäschestücken abstand. Die Unterhosen der Mutter zappelten auf der Wäscheleine wie quiekende rosa Frischlinge, wie an den Füßchen gefangene weiße Gänse. Jakobs Unterhosen hingen winzig klein zwischen den monströsen Dingen der Mutter, sie zeigten keinen Widerstand, wurden vielmehr mitgerissen, unwillig hin und her gezogen von den sich aufplusternden Quälgeistern. Jakob saß in der Wiese, beobachtete ihren beklemmenden Reigen, wie sie an der Leine zerrten, eine abflugbereite Staffel, Wildenten, Geister, die an Holzkluppen domestiziert waren. Erst in der Nacht rissen sie sich los, ließen sich an Jakobs Bettrand mit wattigem Knirschen nieder.

Das Etikett steht gebannt vor Jakobs Augen, eine unerwünschte Erinnerung, die allgemeinverständlich von einer Plakatwand anstößig flüstert. Daneben, überdimensional groß, präsentieren Frauen, die aufgefordert werden, sich etwas zu trauen, Unterhosen und Büstenhalter, die aber Dessous heißen und tatsächlich nichts mit der Wäsche der Mutter zu tun haben. Nur der Name, das Symbol, das Etikett sind geblieben, und so auch ihr biederer Mief, das Schreckgespenst von der Wäscheleine, das viele Fragen offenließ und jetzt eine weitere hinzufügt: Hat sich die Mutter auch etwas getraut? Das erscheint Jakob lächerlich.

Jakobs Kindheit, sein Leben zu Hause, wurde von eine Teekanne beherrscht, die immer in der Mitte des Küchentisches thronte. Mächtig und bedrohlich flüsterte sie unentwegt, auch wenn er sie nur aus dem Augenwinkel streifte: »Komm, setz dich zu mir, Jakob!«, bis die Mutter ihren Satz aufnahm und Jakob mit ihr den Inhalt der Kanne leeren mußte. Immer derselbe lauwarme Kräutertee, immer derselbe Geruch, immer die Augen der Mutter, die besonders beharrlich auf ihn geheftet waren, als wollte sie ihm Geheimnisse entlocken. Er saß in sich gekrümmt unter ihrem Blick, entschlossen, bis an das Ende seines Lebens zu schweigen. Keine Minute seiner Tage, nie mehr, würde er etwas sagen. Er will nichts, er braucht nichts, wofür es Blicke oder Worte bedarf. Die Mutter strich ihm dann, irgendwann, über die Haare, ermahnte ihn, oder sie schwieg mit ihm unruhig in den Nachmittag hinein, oder sie erzählte von ihrem Bruder und anderen, die nicht mehr zurückgekehrt sind. Diese Stunden waren Jakob nicht angenehm. Die Verschwörung, Vertrautheit, Nähe, die die Mutter inszenierte, schien ihm unangebracht. Als Mitwisser wider Willen war ihm unbehaglich zumute, und die Teekanne triumphierte zufrieden und breithüftig, so daß die kleinen Blumen, die das Porzellan zierten, einen Walzer zum Deckel hinauf tanzten. Die Mutter nahm die Kanne, wischte mit einem Schürzenzipfel den Schnabel ab, oder sie holte ein Taschentuch aus der Schürze, befeuchtete mit ihrer Spucke den Rand und wischte damit Jakob über die Mundwinkel, die Augen oder im schlimmsten Fall die Lippen, so daß ihm der warme Speichel in die Nase schlug. All diese Kränkungen schrieb Jakob der Teekanne zu, die die Situation dominierte, die Zeit vorgab, bis zum letzten Tropfen.

Jakob nahm später diese Teekanne als einzigen Gegenstand aus der elterlichen Wohnung an sich, er füllte sie mit Erde und setzte ein Dickblattgewächs ein, Crassula perforata. Geblüht hat sie noch nie, wahrscheinlich hätte es Jakob auch nicht zugelassen, da ihm der gedemütigte Zustand des Geschirrs genügt. Matt, staubig, mit Kalkrändern übersät, am Fensterbrett vergessen, als Genugtuung für eine Rechnung, die schließlich aufging. Es ist alles nur eine Frage der Geduld.

Er schaut erneut auf das Plakat, er schüttelt den Kopf. Nein, es hat wirklich keinen Sinn, wenn die Parteien sich die Haare färben, die Zeitungen sich Strapse anziehen. Das Symbol ist stärker als das Erscheinungsbild. Die einzige Chance für Symbole sind junge Leute, die in das gegenwärtige Flair der Namen hineinwachsen, die die Tradition nicht kennen, weil sie sie nicht in sich tragen, die die Dinge ohne das Wissen um ihre Bedeutung sehen und sie mit eigenen Inhalten füllen. Und deshalb sind es auch die falsch verstandenen Symbole, Symbole, scheinbar losgelöst von ihrer Geschichte, die die Irritation zwischen den Generationen erzeugen. Und das ist eine traurige Geschichte, weil sich die Jungen von den Alten und die Alten von den Jungen ihre Symbole nicht zerstören lassen. Wie könnte Jakob beim Betrachten dieser Bilder zum Beispiel seinen Schülern das Anstößige erklären?!

Damals, als das Gute sich mit dem Schlechten, das Zarte mit dem Groben, die Vorstellung von sich selbst sich mit dem tatsächlichen Selbst für immer zu versetzen begann, blieben Fragen offen, die er sich nicht mehr zu stellen getraute, und genauso auch seine immer noch währende Reproduktion der Wirkung, die andere befriedigte, weil sie von ihm erwartet wurde. Wenn er nun dieses Gefühlsbündel klein wie das Etikett aufschnüren könnte, wäre er dann freier? Wie ein Entfesselungskünstler unter einem scharfen Messer, der sich zuvor freiwillig in Ketten legen ließ? Jakob schüttelt erneut den Kopf, das Gespräch mit sich selbst bedarf immer auch körperlicher Regungen, um sich den Übergang vom Zweifelnden zum Seienden bewußt zu demonstrieren, er ist ja frei, frei genug für sein Leben, und seit er den Lehrkörper verlassen hat, muß er nicht mehr recht behalten. Eine andere Meinung regt ihn nicht mehr nachhaltig auf, er gestattet sich gelegentlich sogar selbst zwei Meinungen oder auch mehr. Für alles gibt es den richtigen Zeitpunkt, und es gibt nichts Bequemeres, als nach einer neuen Erfahrung eine Meinung bereits vorformuliert in sich zu tragen. Jakob hat die Verantwortung der Geschichte der Symbole gegenüber abgelegt. Das ist der Grund, weshalb er sich nicht mehr als Gärtner fühlt, der die Kulturen pflegt, das Unkraut jätet. Jakob spart viel Kraft, weil er sich nicht mehr auf das

Für und Wider und das Für und Wider einlassen muß. Die schrecklichen Fehler, zu denen das Erklären und Zuhören oft führte, brachten ungewolltes Leben in die Klasse, Lachsalven verdunkelten den Raum, als hätte er einen heftigen Regen über das austrocknende Beet gegossen. Die jungen Pflanzen, mit über den Tischen hängenden Köpfen, sonst ein jämmerlicher Anblick, warfen sich gegen die Sessellehnen und brüllten Jakobs Autorität in den Boden. Jetzt versteht er sich höchstens als Saathelfer, Dünger. Denn die Dinge, wenn sie sich festsetzen, keimen letztlich immer. Er hat immer nur versucht, die besten Kaffeebohnen zu ziehen.

Jakob besieht erneut das Plakat. Mannequinkörper, Lehrkörper. Auch die Sprache hat mehrere Angebote, immer bereit, die Dinge anders darzustellen, sie mit Gefühlen aufzufetten.

Ist der Lehrkörper eine ganz natürliche Sache, so besitzt der Exekutivkörper oder der Polizeikörper etwas Anzügliches, vielleicht, weil er in seiner Spezialisierung verschieden eingesetzt wird. Der Lehrkörper ist eine heterogene Ansammlung von Lehrenden. Der Polizeikörper ist eine Einheit, die verwendet wird. Nie würde ein Direktor sagen, er verwendet den oder jenen Lehrer für den Geschichtsunterricht, der Lehrer unterrichtet einfach, hingegen ist es durchaus üblich, daß ein Polizeipräsident für sensible Einsätze gern Frauenkörper verwendet. Andererseits ist es aber beim Fleischhauerkörper, Politikerkörper, Arztkörper lediglich wünschenswert, daß er sich bekleidet zeigt. Wieder kitzelt Jakobs Humor seine Mundwinkel hinauf in zufriedene Sättigung. Ausnahmen in den Berufskörperschaften bilden vielleicht Bademeister und Kellnerinnen; auch der

Bodybuilderkörper wird mehr bestaunt, als daß er zum Einsatz kommt. Wenn Jakob entschlossen ist, alles auf den Punkt zu bringen, dann überwindet er alle Widersprüche. Es ist eine Freude, die aus sich selbst wächst, und beginnt der Schneeball zu wachsen, was gibt es Schöneres, als ihm einen Stoß zu versetzen und zuzusehen, wie noch mehr Schnee haften bleibt. Zu Lawinen sagt Jakob entschieden nein, aber harmlose Schneebälle sind ein Spielzeug aus der Kindheit, aus der Studienzeit. Nächtelang sind sie gesessen und haben Schneebälle gerollt, übrig blieben kleine Pfützchen von abgestellten Bierflaschen auf der Tischplatte, harmlos.

Wenn sich der Mannequinkörper diametral entgegengesetzt zum Mutterkörper darstellt, so ist das gemeinsame Etikett nur so zu verstehen, daß alle Frauen letztlich gleich sind. Sie sind gleich, und sie wollen dasselbe. Ungeachtet dessen, ob eine kurze Beine hat oder lange, alle streben nach denselben Dingen. Bei Frauen ist es genauso leicht, sie auf ein Etikett zu bringen, wie bei Männern! Es gibt ja auch nur einige wenige Gedanken, die unentwegt in allen Sprachen neu formuliert werden, wobei die meisten seit Jahrhunderten zu handlichen Binsenweisheiten geschrumpft sind.

Es ist aus ästhetischen Gründen durchaus verständlich, daß Mannequinkörper zur Präsentation von Dessous oder Autos verwendet werden, auch wenn die Identifikation der Betrachter, also Käufer, denn jeder Betrachter ist auch ein potentieller Käufer, die mit den Passanten gleichzusetzen sind, nur selten nachvollziehbar ist. Da aber Werbeleute ihren Beruf mühsam erlernt haben und ihr Tun durch Erfolgsquoten untermauern können, ist der Schluß zulässig, daß viele Frauen, die

Mütter sind, Mannequins werden wollten und daß viele Mannequins auch Mütter werden. Jakob hebt eine Fünfschillingmünze auf, er geht ein Stück den Gehsteig entlang, denn oft liegen bei einer Münze noch weitere.

Das Wesen der Frauen ist nicht rätselhaft. Diese Behauptung ist bloß eine bequeme Koketterie, um sich ihren Forderungen leichter zu entziehen. Jakob ist in der glücklichen Lage, sich nicht belügen zu müssen, denn er hat sich erst gar nicht auf das »ich verstehe dich nicht« eingelassen.

14

Ein vorteil der Gleichförmigkeit der Tage ist, daß man nicht an morgen denken muß, glaubt Jakob. Er kann gleich an heute denken, und sogar wenn er an gestern denkt, vergehen die Tage ohne Unterschied. Das Leben geht dahin, und Jakob ist nur sein Begleiter, sein Betrachter, ein Alternder. Kleine Ärgernisse buchten die Geradlinigkeit ein wenig aus, bilden Dellen, die aber zu unbedeutend sind, um die Tage zu strukturieren, ihnen Namen zu geben oder sie gar in die Erinnerung zu drücken.

Es gibt zwar auch manchmal kurzfristige Irritationen in Jakobs festgeknüpfter Kette der Gewohnheiten: der neue Briefträger zum Beispiel, der die Post in Jakobs Gasse Nummer 31 um volle zwei Stunden später bringt. Das sind äußere Umstände, auf die Jakob mit neuen Gewohnheiten reagieren muß. Aber das ist nicht wirklich von Bedeutung, auch wenn man bedenkt, daß ein neuer Briefträger das Leben in ganzen Wohnblocks beeinflussen kann. Man begegnet neuen Menschen, andere verliert man wieder aus den Augen, und das nur aus der Tatsache heraus, daß man zu einer anderen Zeit seinen Briefkasten leert. So können Schicksal und Zufall in einer Briefträgeruniform daherkommen, auch wenn man nur Postwurfsendungen durch den Briefkasten recycelt. Aber die Tigergasse 31 ist nur dreistöckig, mit nur einem Eingang und daher überschaubar; und wenn Jakob jetzt nach dem Mittagessen, wie er es sich seit kurzem angewöhnt hat, wieder zurück nach Hause geht, um die Post zu holen, trifft er, wenn überhaupt, dieselben Mieter wie bisher.

Jakob schaut auf die Uhr, verschränkt zufrieden die Hände hinter dem Kopf. Um vierzehn Uhr dreißig wird er seinen Arzttermin nicht wahrnehmen; er bestellt beim Herrn Franz noch einen Gespritzten. Die letzte Begegnung mit dem Arzt war derart befremdlich, daß Jakob ihn heute nicht in Verlegenheit bringen will. Er traf ihn zufällig auf der Josefstädterstraße, Ecke Fuhrmannsgasse. Nichtsahnend, friedlich, beinahe heiter ging Jakob auf den Urologen zu: »Wie geht's?« fragte er breit, erfreut über die private Gelegenheit.

»Ihr geht mir alle auf die Eier«, stieß jener hervor.

Jakob entfernte sich sofort aus dieser Situation, aber so etwas erschüttert ein wenig das Vertrauen zum Arzt. Weil man das nicht erwartet, weil man von Kindheit an ein ganz anderes Bild von einem Arzt hat. Ein Arzt ist würdig, ausgeglichen, selbstlos und ganz Ohr. Und geschlechtslos soll er auch sein, damit man sich ungehemmt entkleiden kann. Doktor Feinstein war noch so ein Arzt, er hat Jakob zur Welt gebracht.

Jakob hat zwar eine Vorstellung davon, wie es ist, wenn einem alle auf die Eier gehen, obwohl es bei einem Urologen wörtlich gemeint eher umgekehrt ist. Seine Schüler sind ihm auch oft auf die Eier gegangen, aber er hätte es in dieser Form weder im Klassenzimmer noch beim Elternsprechtag geäußert. Das ist wahrscheinlich auch ein Unterschied zwischen Selbständigen und Beamten.

»Verzeihen Sie, ich meinte das natürlich nicht persönlich«, sagte der Urologe, nachdem er Jakob eingeholt hatte.

»Was ist schon persönlich«, bemühte sich Jakob rasch, weil irgendeine Antwort von ihm erwartet wurde.

Nein, er möchte heute dieses Gespräch nicht fortsetzen, sich keine Erklärungen bezüglich überlasteter Ärzte anhören müssen, er möchte aber auch nicht so tun, als wäre nichts gewesen. Was ihm fehlt, weiß er, und die Tabletten kann er sich auch in der Apotheke holen. Teurer zwar, das schon, aber er erspart sich das Wartezimmer, in dem sich Maurer und Manager in ihrer Angst wie Marktweiber mit Angeboten überbieten.

»Mit der Schilddrüse haben Sie's auch noch? Meiner Schwägerin haben sie bei der Operation die Stimmbänder durchtrennt ... nein, passieren dürfte so etwas normalerweise nicht, aber mein Bruder sagt, es ist endlich wieder Ruhe im Haus«, versuchte letztens einer von sich abzulenken, nachdem ein Sitznachbar mit: »Toll, wie Sie das aushalten, ich hätte mir schon längst die Kugel gegeben« auf seinen Hodenkrebs reagierte. Jakob wird in die Apotheke gehen und einen neuen Termin ausmachen, irgendwann.

Mit einem neuerlichen »Habe die Ehre«, das ihn noch an der Tür erreicht, verläßt Jakob die »Goldhaube«. In der Zwischenzeit hat es wieder einmal zu regnen begonnen. Jakob eilt zur Straßenbahn. Der kalte Wind spitzt die Regentropfen und schleudert sie gegen sein Gesicht. Nur nicht krank werden! Krankheiten sind lästig, sie machen die Einsamkeit in ihrer erbärmlichsten Art fühlbar.

»Sie waren krank, Sie Armer!«, nach einer überstandenen Grippe entschädigt keineswegs für die Tage, an denen man als Junggeselle am härtesten gefühlt hat, daß nur das ist, was man selbst veranlaßt. Jeder warme Tee, die alten Vorräte, die man ißt, sind Ausdruck kompromißloser Einsamkeit …

In der Straßenbahn dampft und riecht die regennasse Bekleidung der Menschen. Der enge Raum ist angefüllt mit der Melange aus Rasierwassern und Parfums und der darunter schlummernden Gestalten.

Der sechste Sinn ist nicht die Vorahnung, es ist die Nachsicht, sonst könnte man nicht unter Menschen leben; so viel zum Kompromiß, grinst Jakob und wischt seine nassen Haare aus der Stirn. Er lehnt sich weit zurück, so daß er das gewölbte Gehäuse der Straßenbahn vor Augen hat, den Kopf beinahe im Schoß der hinter ihm sitzenden alten Frau. Er gefällt sich plötzlich in dieser lümmelnden Haltung und belauscht ungeniert ihr Gespräch, zweifellos ein Ehepaar, das damit beschäftigt ist, die Vorzüge einer Reise gegen die Anstrengungen des Ansichtskartenschreibens abzuwägen: »Das ganze Verreisen verdrießt es einem.«

»Du kaufst doch immer so viele Ansichtskarten, daß ich Schreibhemmungen bekomme!«

Was ist schon eine Grippe, mag sie auch zwei Wochen dauern, gegen das permanente Angleichen der eigenen Bedürfnisse an die eines Partners; in jeder Situation?! Er beugt sich jetzt vor, wie ein Pendel, zu zwei jungen Burschen, die vor ihm sitzen. Eine kleine Bestätigung, wieso es besser ist, vierundfünfzig Jahre alt zu sein als zwanzig, käme ihm jetzt auch noch gelegen.

»Ist mir wurscht«, sagt einer der jungen Männer, »aber Fatalismus ist auch keine Lösung.« Die Burschen sind sicher Studenten, einer schiebt gerade mit dem Mittelfinger seine sogenannte Intellektuellenbrille zurück gegen die Stirn.

Heute gibt es ja keine Intellektuellen mehr, heute gibt es nur sogenannte Intellektuelle. Mit dem Wörtchen »sogenannt« bringen die, denen es einfach gefällt, den Geist in Verruf. Ein Intellektueller ist dann kein Vordenker oder Denker mehr, er ist ein sogenannter Intellektueller, und das bedeutet, daß ihm nicht zu trauen ist, das bedeutet, daß sein Denken ein Verführen ist. Seine Ideen sind Ideologien, und diese sogenannten Ideologien sind immer links. Und wo stehen die Linken heute? Sie stehen auf einer abgemähten Wiese. Dahinter, im Dickicht, stehen die Rechten mit der Sense, und die Mitte ist ihnen bereits eine gemähte Wiese ... Jakob wischt seine langweiligen Gedanken wieder aus der Stirn.

»Die Regierung gibt immer ein Stückchen nach«, schreit der junge Mann ohne Brille, »um den Extremisten den Wind aus den Segeln zu nehmen, und wo führt das hin!?« Der Freund, der solche Ausbrüche anscheinend gewohnt ist, unterstreicht seine Gleichgültigkeit mit einem sich in die Länge ziehendem Gesicht, er gähnt nicht einmal, so wenig will er sich zu einer Antwort hinreißen lassen.

»Die Alternative kann nur ein radikales Demokratiekonzept sein!« ereifert sich der brillenlose Mann weiter.

Vierundfünfzig ist ein gutes Alter. Jakob zieht sich aus diesem Gespräch zurück. Der Brillenlose rezitiert das Rezept für einen Milchrahmstrudel, und der andere hat keinen Hunger. Wenn einer nicht will, nützen die schönsten Phrasen nichts. Wenn heute einer etwas anbieten will, kann er das bestenfalls im Rahmen einer Erlebniswelt tun. Wenn er die Menschen spielerisch dazu bringt, ihren unausgelebten Bedürfnissen, auch den unbewußten Bedürfnissen, dem Drang aus der Eintönigkeit, irgendeinen Notausgang anzubieten, ein Ausscheidungsrennen für die Gefühle zu veranstalten, dann hat er schon die halbe Sache verkauft. Die Menschen wollen sich austoben, dann werden sie wieder friedlich, geneigt und aufnahmefähig. Diese Ausscheidung der Gefühle disqualifiziert niemanden, denn die wunderbare Gleichschaltung in den Köpfen wird vollbracht und genutzt. Hier gibt es dann keine sogenannten Regungen oder sogenannten Worte, hier herrscht die ganze Wahrheit der Erlebniswelt, und sie darf sogar mit nach Hause genommen werden, wie die Krone aus Glanzpappe; der Narrenhut der Zugehörigkeit.

Jakob kennt die Menschen, die Orte, die eine günstige Wirkung auf ihr Gemüt ausüben. Wenn Menschen geschickt an einen besonderen Ort geführt werden, glauben sie selbst, etwas Besonderes zu tun. Schon das Betreten eines Bierzeltes zum Beispiel versetzt sie in eine besondere Stimmung. Es wird sicher etwas los sein, man wird sicher etwas loswerden. Die auftretenden Personen werden erwartungsgemäß agieren, ein Disneyland der Erwachsenen ist auf jedem Dorfanger möglich. Die Zeichentrickfiguren sind unverwechselbar, weil sie leibhaftig ihre Kostüme tragen, die Liedchen und Sprüche sind wohlbekannt; aber man muß es miterlebt haben, um mitfühlen zu können. Das gemeinsame Fühlen ist die Anziehungskraft dieser Orte, das sich im Grillhendelduft auf die Besucher senkt. Das Besondere kracht in die Menschen hinein. Alles, was aus dem Trott herausfällt, soll auch seinen unverwechselbaren Platz in der Erinnerung erhalten, eine billige Sehnsucht allzeitbereit abrufbar machen (so soll es immer sein). Da aber niemand gelernt hat, auf besondere Situationen entsprechend zu reagieren, niemand weiß, womit die Besonderheit zu unterstreichen wäre, werden die besonderen Situationen besonders exzessiv begangen. Die gewohnten Konsumationen und sonstige Lustbarkeiten werden bis zur Neige ausgeschöpft, so daß in der Erinnerung eine besondere Lücke zurückbleibt. »Da haben wir aber ...«, erinnert man sich vage. Was man noch genau weiß, ist der Grund, wieso man den besonderen Ort aufgesucht hat. Und deshalb war die Veranstaltung für alle Beteiligten ein Erfolg. Der Ohrwurm schleift die Seele mit sich, und das Gehirn skandiert fortan hinterher.

»... der Vorgeschmack auf eine ultrakonservative Zukunft.« Jakob holt sich noch ein halbes Ohr vom jungen Feuer. Auch dieser Satz bleibt unerwidert. Eine Straßenbahn ist eben kein besonderer Ort. Hier wechselt jedes Gespräch mit den neu zusteigenden Menschen, und es endet spätestens an der angepeilten Haltestelle. Jakob empfindet nur Spott für die sogenannten Intellektuellen, die noch keine Ahnung von Inszenierungen haben, die den energetischen Wahnsinn in einer stickigen Straßenbahn verströmen. Jakob steigt in der Skodagasse aus, sein Ziel, Briefkasten Tigergasse 31, ist noch abgezählte hundertfünfzehn Jakobschritte entfernt.

»Nichts als Rechnungen«, sagt Frau Schirmhuber kopfschüttelnd, während sie die paar Papiere, die sie aus ihrem Schließfach herausnimmt, in die Einkaufstasche stopft. Jakob bekommt keine Rechnungen, er hat Einziehungs- und Überweisungsaufträge um seine Bedürfnisse und die sich daraus ergebenden Leistungen gespannt, bei Versandhäusern bestellt er nicht, Zeitungen hat er nicht abonniert. Er bezweifelt auch, daß Frau

Schirmhuber immer, wenn er sie beim Briefkasten antrifft, Rechnungen bekommt. Vielleicht bedeuten für sie Rechnungen ein Leben in Bewegung, zeigen den Umsatz an, den sie als Privatperson Schirmhuber macht, und nur deshalb streicht sie sie klagend und zugleich zufrieden, ja beinahe stolz hervor.

»Nichts gibt es umsonst, zumindest nichts Gutes«, verabschiedet er sie, während sie krummbeinig zur Haustür watschelt. Sie bleibt noch einmal stehen, kramt in ihrer Handtasche, dann macht sie noch einen Schritt auf Jakob zu, schwenkt ihren Schlüsselbund, als wollte sie Jakob beruhigen, daß sie ihn gefunden hat, geht dann aber doch wortlos aus dem Haustor.

Einen weißen Umschlag, Absender KeKG, und einen bunten Faltprospekt zieht Jakob aus seinem engen Fach heraus. KeKG steht für Kameradschaft ehemaliger Kremser Gymnasiasten, es ist eine regelmäßige Aussendung seiner Schule, an alle ehemaligen Maturanten.

Persönliche Post bekommt Jakob eigentlich nie, aber das Öffnen des Briefkastens verursacht ihm immer ein kleines Prickeln. Alle privaten Räume sind vor Zu- und Eingriff anderer fest verschlossen, dieser kleine öffentlich-private Raum wird für jeden Bürger zum Austausch von Wichtigem und Banalem zur Verfügung gestellt, kein Mensch zahlt Miete für den Briefkasten in dem Haus, in dem er wohnt, oder doch?

Als Kinder, es dürften damals fünf oder sechs Freunde gewesen sein, haben sie sich in einer Baumhöhle ein Versteck errichtet. Jeder gab einen ihm entbehrlichen Schatz hinein, und dann durfte man sich jederzeit, wenn man Lust hatte, einen der Gegenstände gegen einen anderen, den man nicht mehr benötigte, eintauschen. Jedesmal, wenn sich Kleinjakob dem Baum näherte, hatte er auch dieses Prickeln, das ihn wohlig beim Briefkastenöffnen begleitet.

Die wahren Schätze waren die, die weggelegt werden mußten, weil die Eltern sie beim Sohn nicht duldeten. Bei Jakob war es eine Steinschleuder, er hatte sie vom Großvater geschenkt bekommen. Ein sorgsam geglättetes, ebenes Ypsilon, eine Buchengabel, an deren Armen zwei Rexgummis befestigt waren. Diese wiederum wurden mit einem Oval aus schwarzem Leder verbunden, durch welches man den spitzesten Stein nicht durchfühlte. Aber Opas Geschenk führte zu heftigen Streitigkeiten zu Hause, und so mußte Jakob seine neue Steinschleuder wegwerfen. Er gab sie zu den Schätzen, in der Hoffnung, sich die Steinschleuder vom neuen Besitzer manchmal ausborgen zu dürfen. Am Anfang war dieses Postfach auch tatsächlich eine Fundgrube, sogar ein Tabakbeutel war einmal drin, aber mit der Zeit wurden die Schätze in der Höhle immer wertloser, so daß sie nicht mehr eingetauscht wurden.

Jakob öffnet die Tür zu seiner Wohnung, zwei Schlösser, das ist heute das mindeste. Er hat sich zu dem Standardtürschloß ein Balkenschloß anbringen lassen, obwohl er weiß, wenn einer einbrechen will, dann schafft er das überall; aber jedes zusätzliche Schloß ist zumindest eine psychologische Barriere. Die Wohnung ist an bewölkten Tagen wie heute dunkel, und die Sechzig-Watt-Birnen machen auch nur ihr Mögliches.

Der Faltprospekt Pizza-Pronto ist nicht an jeden Haushalt, sondern persönlich an Jakob Sagmeister adressiert. Wie seine Adresse weitergegeben wird, wer Interesse daran hat, daß er über Neueröffnungen und geänderte Telefonnummern informiert wird, bleibt ihm, der den Datenschutz respektiert, ein Geheimnis. Er befestigt den roten Prospekt sorgsam an der Pinnwand im Vorzimmer. Für unangemeldeten hungrigen Besuch sind diese Einrichtungen sehr nützlich. Man bestellt telefonisch eine Pizza, auch Getränke und Nachspeisen, und bekommt zwei Pizzas zum Preis von nur einer geliefert. Manchmal bekommt man, je nach Angebot, nicht zwei Pizzas zum Preis von einer, sondern zwei Nachspeisen zum Preis von einer oder eine Cola gratis. Und das Ganze dauert nur dreißig Minuten. Jakob bekommt nie Besuch, weder angemeldet noch unangemeldet, aber ein derartiger Faltprospekt ist trotzdem eine Sicherheitsvorkehrung für alle Eventualitäten.

Er begutachtet die Fundstücke des heutigen Vormittags, die er aus der Jackentasche zieht. Eine Zwanzig-Escudos-Münze, Jakob wendet sie zwischen den Fingern, er pustet dreimal heftig dagegen, aber der Schmutz klebt fest, er wird die Münze waschen müssen … Dann liegt da noch eine Schraubenmutter in seinem Handteller, ein kleines lila Plastikherz, auf dem »I« ein gemaltes weißes Herz und »Kinder«, aufgedruckt ist. Jakob kramt hastig in seinen Taschen, etwas muß noch da sein … und die Hand zieht bestätigend eine leere Siphonkapsel aus der Tasche. Die glänzenden Dinge kommen in den Schuhkarton mit der Aufschrift »Elster«, das Plastikherz in den anderen mit der Aufschrift »Eichhörnchen«.

Er geht in die Küche, wäscht sich die Hände mit einer alkalifreien Seife und öffnet anschließend ohne großes Interesse den Briefumschlag aus Krems. Die Kameradschaft ersucht bloß regelmäßig um möglichst viele Informationen, die sie im darauffolgenden Heft bedankt und veröffentlicht: Promotionen, Ehrungen, Graduierungen, Todesanzeigen, neue Anschriften. Viele kümmern sich nicht mehr um ihre alte Schule, und so werden seitenweise Namen genannt von nicht mehr erreichbaren Kollegen, deren Briefe zurückgekommen sind. Bei Jakobs dreißigjährigem Maturajubiläum war es auch so. Einige sind angeblich nur deshalb nicht gekommen, weil man sie nicht verständigen konnte. Nur vierzehn Schulkollegen von dreiundzwanzig trafen sich.

Nach dem Besuch des alten Schulgebäudes und des ehemaligen Maturaklassenzimmers wurden programmgemäß alte Erinnerungen geweckt, und auch sonst war der Tagesablauf gut organisiert. Mittagessen in Dürnstein, eine kurze Donaufahrt mit dem »Donauwalzer«. Zum Abschluß lud Denkmaier, der das Treffen organisiert hatte, alle Kollegen in seinen Weinkeller ein. Jakob hat während der ganzen Schulzeit kaum ein Wort mit ihm gewechselt, eigentlich war er ja in jener Zeit mehr isoliert als gesprächig. Seine Kontakte beschränkten sich auf das Allernotwendigste. Und er fand eigentlich nie die Notwendigkeit oder den geeigneten Zeitpunkt, jemandem auch nur ein Brieflein zuzustecken. Die Jahre vergingen ohne Zwischenfälle, sie bestanden lediglich aus Fragen und Antworten. Jakob stellte keine Fragen, er wußte nicht, was er fragen könnte, und da die Fragen zumeist von den Lehrern und nicht von den Mitschülern an ihn gerichtet wurden, wußte er die Antworten. Denkmaier ist ein Jahr nach dem Treffen gestorben, an einem Gehirntumor. Wahrscheinlich wußte er schon damals von seinem baldigen Tod, denn er tischte das Beste seiner Bestände auf. Die wenigen Weinkenner unter ihnen teilten sich fachkundig mit, man besprach die Nase, den Charakter, das Holz und den Biß. »Feste, jugendliche Nase. Etwas eckig, aber Tiefgang ist da«, war zum Beispiel eine Bewertung Bergthalers, nachdem er seine Augen wieder der Erde zugedreht hatte und seine Kiefer wieder zum Stillstand gekommen waren. Man einigte sich darauf, daß dieser Tropfen charakterlich und auch äußerlich Denkmaier ähnele. So hat ein sehr aufschlußreiches Spiel begonnen. Alle wurden mit einem Wein bedacht, fachkundig und dilettantisch, denn im Laufe der Zeit wurden auch die, die weniger vom Wein verstanden, erfinderisch.

»Duftige Nase. Reif und stilistisch gelungen. Etwas weniger Struktur, dafür fülliger.«

»Schöne Eiche, trotzdem kein Muskelprotz. Recht weit entwickelt. Nicht sehr viel Frucht, zeigt schon Alterserscheinungen.«

»Tiefe und Klasse sind da, wenn auch noch immer sehr verschlossen und zurückhaltend.«

»SO_2 in der Nase. Darunterliegende Tiefe fehlt. Könnte sich noch entwickeln.« Alle beteiligten sich am Spiel, Diabetiker und Abstinenzler, man fand endlich die Möglichkeit, verjährte Kränkungen zurückzuzahlen, subtil, blumig, durch die Nase.

»Runde, blumige Nase. Etwas fett.«

»SO_2 tötet die Nase. Auch den Gaumen.«

»Viel nasse Wolle in der Nase. Plump. Etwas hart am Gaumen.« Beschuldigungen und Enthüllungen tauchten hinter den Episoden hervor, die alten Anliegen wurden brandaktuell, die Mißverständnisse verhärteten sich. Gewisse Streiche beanspruchten gleich mehrere für sich, sie waren überzeugt, diese angezettelt zu haben; für andere wieder fühlte sich niemand verantwortlich. Auch

Jakob fiel wieder zurück in seine sprachlose Rolle. Keiner wollte seine Sicht der Dinge wissen, wieder richtete keiner eine Frage an ihn, und er hätte auch keine Antwort gewußt, da er das jetzt Besprochene schon damals nicht wahrgenommen hatte. Er kannte zwar jeden einzelnen der Anwesenden, aber zuweilen fragte er sich, ob sich diese Geschichten tatsächlich in seiner Klasse zugetragen haben. Auch diesmal kam er mit den wenigsten Worten aus, zurückgezogen in seine Behausung wie ein Möbel.

Die Stimmung blieb trotzdem heiter und gehoben. In der KeKG-Aussendung konnte man dann nachlesen: Es war nicht nur das Wetter schön, sondern auch das Aufleben der alten Verbundenheit wurde deutlich demonstriert.

15

Spät sind Sie heute dran, Herr Professor. Ich dachte, Sie kommen nicht mehr«, plappert es von der Kassa Jakob entgegen.

Dumme Person! blitzt es durch Jakob hindurch, er preßt schnell die Lippen aufeinander; am liebsten würde er sofort das Geschäft wieder verlassen, aber er sieht nur auf seine Uhr: »Ach was, ich komme doch wie immer.«

»Haben Sie noch nicht umgestellt?«

»Wie? Ja so, jaja.« Natürlich hat er seine Uhr nicht umgestellt. Die Winterzeit ist gut genug, er braucht keine Sommerzeit! Eine Stunde gewinnen oder verlieren und dann immer wieder zurückrechnen, wie in die eigene Währung, um die tatsächliche Uhrzeit für Augenblicke gewahr zu werden ... Die Zeit vergeht, ob sie nun endlich oder unendlich ist, sich in Dutzendeinheiten im Kreis dreht, vor- oder zurückgestellt. Je mehr man die Dinge zerteilt und manipuliert, desto mehr verliert man das Gespür für sie. Die meisten Menschen müssen ja auf die Uhr sehen, um festzustellen, ob sie Hunger haben; und die haben jetzt eben um eine Stunde früher Hunger. Oder später?

Jakob ist verärgert, er mag Frau Maria nicht, und wenn sie allein im Geschäft ist, nicht oft, aber doch manchmal, bedeutet das aufgewärmte Dosen am Abend. Von Frau Maria läßt er sich nämlich weder Wurst aufschneiden noch Brot einpacken oder Äpfel aussuchen. Nicht einmal Kartoffeln würde er von ihr entgegennehmen. Jakob ekelt sich vor dieser Frau, obwohl sie eine respektable Erscheinung wäre, sogar durch den alten Arbeitskittel sieht man, daß alles da ist, sogar gut da ist. Aber Frau Maria hat immer fette Haare, solang er zurückdenken kann, kennt er sie nur mit fettem Haar. Aber damit ist es nicht genug, diese Haare, der fettige, streng gescheitelte Helm, ist auch noch übersät mit unzähligen Schuppen. Sie rieseln bei jeder Bewegung auf ihre Schultern hinunter, gleiten dann bei der nächsten Bewegung den glatten Nylonmantel hinab auf Schwedenbomben, die ersten Erdbeeren oder was sonst noch offen auf dem Pult liegt.

»Die Hofbauer ist gestorben«, sagt Frau Maria und schichtet den Käse in die Kühlvitrine.

»Die kenne ich nicht.« Jakob ist mürrisch, er wollte Verschiedenes für eine kalte Platte einkaufen, auch der Kümmelbraten wäre heute frisch; wehmütig schnaubt er den guten Duft wieder aus der Nase …

»Aber freilich kennen Sie die, da oben, aus dem dritten Stock.« Frau Maria deutet in irgendeine Richtung, und erneut verlieren einige Schuppen den Halt.

Jakob tritt einen Schritt zurück, er macht sich am Regal zu schaffen.

»Das ist doch die mit der Kur, die Kleine mit dem Zwergpudel«, erörtert Maria weiter.

»Die kenne ich.«

»Die kannten Sie«, wird Jakob verbessert, »weil die kommt nicht mehr. Ein Schlagerl, heute nacht.«

»Dann hat die Kur auch nichts mehr genützt.«

»Wo denken Sie hin, Herr Professor! Sie war ja gar nicht auf Kur. So ist das nämlich. Wir alleinstehende Frauen haben keine Lobby hinter uns, die uns das Leben erleichtert, und dann können die sich leicht die Kurplätze unter sich aufteilen.« Jetzt schaut sie Jakob fest ins Gesicht, die Bedeutung der Worte flackert in ihren Augen.

Aber Jakob will auch keine Lobby für sie bilden, und überhaupt, was die Leute für Worte verwenden. Trotzdem bemerkt er beruhigend: »Es sollen jetzt mehr Frauen in die Regierung kommen.«

»Ich brauche keine Frau in der Regierung!« wettert sofort Frau Maria entrüstet.

Jakob nimmt zwei Dosen Krautrouladen nach Gutshofart aus dem Regal und ist plötzlich wieder gut gelaunt. »Ich brauche sie aber leider nicht«, hat er selbst vor einiger Zeit zu einer Verkäuferin gesagt, als er die schöne graue Jacke, wie aus Wildleder, mit roten Aufschlägen an den Taschen und Ärmeln, anprobiert hatte. Er hatte sie anprobiert und sich sofort in die Jacke verliebt, dann hat er das Modehaus verlassen, ohne Jacke, und den ganzen Tag an sie gedacht. Er baute eine prächtige Vorfreude auf, ging danach täglich an dem Geschäft vorbei, übte sich in Entsagung. Ich brauche, ich brauche nicht, ich brauche nicht, aber ich will. Und dann hat er die Jacke sogar vergessen!

Wie das Leben so spielt, denkt Jakob. Zuerst die Sackgasse mit Frau Maria und Krautrouladen und jetzt eine neue Jacke anstatt der kalten Platte. Er wird sofort in das Kaufhaus gehen und die Jacke kaufen, und anschließend wird er ihre Wirkung in der Gürtelbar »Schneckenstube« ausprobieren. Jakob zahlt, er könnte sogar vor Vergnügen ein Liedchen trällern, aber er sagt nur aufgekratzt: »Ich hole die Dosen später ab. Ich habe noch etwas zu erledigen.«

16

Ein guter Tag ist heute, man muß nur die Geduld aufbringen, um den richtigen Zeitpunkt abzuwarten. »Alles braucht seine Zeit«, und sogar die schlichten Sprüche strotzen wieder vor Weisheit.

Die Jacke sitzt wie angegossen, und die Verkäuferin konnte sich sogar noch an Jakob erinnern. »Ihnen hat sie bis jetzt am besten gepaßt«, hat sie gesagt. Natürlich müssen sie solche Dinge sagen, die Verkäuferinnen, da macht sich Jakob keine Illusionen, aber was wahr ist, bestimmt immer noch der Käufer.

Die roten Aufschläge haben einen dünnen dunkelgrauen Rand, daran konnte er sich nicht mehr erinnern, aber die Verkäuferin versicherte ihm, sie hätten nur dieses eine Modell gehabt. Wie auch immer, jetzt ruht die Jacke unter dem Mantel. Er hat die Preisschilder und Etiketten entfernen lassen, um sie gleich anziehen zu können, das alte Jackett ließ er sich einpacken. Ja, durch diese kleinen roten Farbtupfer wirkt er tatsächlich irgendwie sportlich und jugendlich, und er ist durchaus noch nicht zu alt für solche verspielten Details. Jakob öffnet den Mantel, er befühlt nochmals den Stoff. Wie Wildleder. Mit beiden Händen vergrößert er die Mantelöffnung, stützt sie weit ausladend in die Seiten; er verstellt einem Mann, der ihm gerade entgegenkommt, den Weg: »Können Sie mir bitte sagen, wie ich zum Lerchenfeldergürtel komme?«

Stumm läßt der Mann seine freie Hand einige Male rauf und runter schnellen. Wüßte einer den Weg nicht, wäre ihm sicherlich nicht geholfen. Aber Jakob weiß ohnehin, wie er seinen Weg fortzusetzen hat, er wollte sich nur in seiner neuen Jacke bemerkbar machen. Der Mann, der sein Ohr gegen ein Handtelefon preßt, ignoriert ihn bedauerlicherweise routiniert. Das ewige Telefonieren bringt die Menschen nicht näher.

Jakob muß sich also noch gedulden, bis er seine Jacke präsentieren kann. In der »Schneckenstube«. Er befühlt das Innenfutter der Taschen, es wirkt sehr stabil. Serge heißt es. »Rachmaninow ohne j«, scherzte immerzu die Mutter, bevor sie seine Taschen zu stopfen begann. Heute muß er die Jacken zur Schneiderin tragen, wenn die ersten Schrauben und Steinchen durch kleine Löcher im Innern der Blazer verschwinden.

Jetzt sind es nur noch wenige Minuten zur »Schneckenstube«.

»Wie klingt Weißer Adler oder Roter Hirsch oder per te? Und wenn es ein Mädchen wird, nennen wir sie Klara, oder Klaudia?« Wie man wohl etwas, das noch nicht ist, benennen kann? Und zwar so benennen, daß dann das Objekt den Namen ausfüllt? Die Schnecke zum Beispiel ist ein außerordentlich scheues Wesen, und dennoch leistet sie sich die Kühnheit, ganz weich und glitschig zu sein. Wenn man von Vernunft sprechen könnte, müßte man sie über den Menschen stellen, denn der Mensch errichtet sich in seiner Heuchelei einen harten Panzer, und er kann nur unter schmerzhaften Verrenkungen, in Therapien oder bei verschiedenen Befreiungsseminaren seinen weichen Kern wieder zulassen, spüren, entblößen. Die Schnecke verstellt sich nicht, vielmehr trägt sie eine Kalkschale mit sich herum, in die sie sich jederzeit zurückziehen kann. Und nicht zu vergessen ist ihr Zwittertum, das naturgemäß viel Abwechslung mit sich bringt.

In der »Schneckenstube« fühlt Jakob sich immer angespornt, wahrhaftig und weich zu sein, denn die Stube ist das Kalkhaus für alle Anwesenden. Die Atmosphäre dort weicht sofort seinen Panzer auf. Eine Spelunke, in der das Leben von greller Direktheit bestimmt wird, so daß es nahezu stofflich wird. Keine verstohlen verlorenen kalten Tropfen aus den Achselhöhlen, hier ist der Körpergeruch ein lebendiger Saft, der das Drängen, die Glut mitteilt.

Männer stehen an der Theke, schlagen einander auf die Schultern oder spielen Karten. Alles geschieht mit einer Selbstverständlichkeit und einer Hingabe, als ob draußen nicht die Welt der Betriebsamkeit und Informationen wäre. Frauen stehen auch an der Theke, oder sie sitzen ungezwungen bei den Männern; will jemand tanzen, dann tanzt er oder sie, und diese scheinbar eingeschworene Gesellschaft grenzt niemanden aus. Jakob wurde aufgenommen, er wurde einer von ihnen, ohne wenn und aber, auch wenn er nur alle Jahre einmal kommt, ohne Erklärungen, ohne die Ellenbogen benützen zu müssen, um sich einen Platz zu erkämpfen. Was Jakob dort besonders fasziniert, ist die Gleichzeitigkeit, die das gesprochene Wort zur Sache macht, kein Drumherum, keine Banalitäten, kein kleines Gespräch. Sagt einer: »Du kriegst eine Watsche«, so ist das keine Androhung, es ist nur der Begleittext zu einer Watsche. Macht einer nichts, dann redet er auch nicht.

Bei seinem ersten Besuch in der »Schneckenstube« starrte Jakob fasziniert in den Ausschnitt einer Frau. Sie stand neben ihm, den Oberkörper vorgeschoben, und atmete große Mengen Luft in sich ein. Jedes Einatmen preßte ihre Brüste aus dem Ausschnitt der Bluse, und der dunkle Rand ihrer Brustwarzen stieg über dem grünen Stoff des Kleidungsstückes auf. Der sagenhafte Blickfang nahm ihn gefangen. Jakob wiegte sich leise im Slowfox, als könnte er so die Schaukel immer höher schwingen und den Brüsten zum Sprung über die Klippen verhelfen. Als sie ihn endlich bemerkte, stieß sie mit ihrem spitzen Schuh gegen sein Schienbein: »Willst was, Burschi?« sagte sie dabei.

Jakob antwortete, ohne seinen Blick auch nur anzuheben, wahrhaftig: »Dich«.

»Wieviel?«

»Für immer«, sagte er errötend. Natürlich hatte er sich blamiert, aber niemand lachte, alle verstanden das Bedürfnis, eine solche Frau für immer besitzen zu wollen.

Sie gingen gemeinsam hinaus, und Lilo, so hieß die Frau, hat ihm in der Einfahrt, neben dem Lokal, die Hose aufgeknöpft und einen geblasen. Zweihundert Schilling waren damals viel Geld für das bißchen Fühlen, und weil er nichts mit ihr ausgehandelt hatte, durfte er sie weder berühren, geschweige denn, sie hätte auch nur irgend etwas ausgezogen oder auch nur den Stoff ihrer Bluse um einen Millimeter hinuntergezogen. Sie spuckte danach kräftig aus, drückte sich das Kreuz durch und stolzierte wieder zurück ins Lokal. Hier hat Jakob gelernt, wie verpflichtend das Wort ist und daß man verborgenen Wünschen nur mit Worten beikommen kann und daß in der »Schneckenstube« alles möglich war, wenn man es benennen konnte.

Jakob beschleunigt seine Schritte, die Gedanken machen kleine Freudensprünge. Heute hat er schmale dunkle Ränder an den Aufschlägen seiner Jacke, das ist zwar nicht die Haut, jedoch fast Wildleder. Leider ist Lilo seit mehr als zehn Jahren nicht mehr in der »Schneckenstube« ... Und noch etwas fällt ihm ein, die Schnecken haben keine Hörner, sie haben Fühler und mächtige Geschlechtsorgane auf dem Kopf. Jakobs Gemächte pocht unruhig.

Er öffnet die Tür zum Lokal, laute Musik schlägt ihm entgegen. Er bleibt unschlüssig an der Türschwelle stehen, sieht junge Leute mit bunten Haaren und ausrasierten Köpfen herumgehen. Einen solchen hatte er in der 7B gehabt, erinnert er sich, der hat sich einmal während der Unterrichtsstunde das T-Shirt zerrissen, und er machte sich prinzipiell Notizen nur auf die bloße Haut oder auf seine Hose. Einmal schlug er sich eine ganze Stunde lang mit der Haarbürste gegen die Schläfe.

»Suchst du wen, Opa?« schreit jemand durch das Lokal.

»Nein, ich kenne das Lokal«, schreit Jakob zurück in Richtung des Schreiers und setzt sich langsam an den ersten Tisch; da sitzen zwar schon Leute, aber er muß sich jetzt niedersetzen.

Der Bursche, der aussieht wie alle anderen, nur daß er ein Tischtuch in den Hosengürtel gesteckt hat, stützt sich mit seinem Ellbogen auf Jakobs Schulter: »Ein Stammgast also«, ihre Wangen berühren sich beinahe: »Dann nimmst du wohl das Übliche!«

Jakob befreit sich von dem Druck auf seiner Schulter, lehnt sich betont entspannt zurück, er nimmt den Kampf auf: »Was ist denn das Übliche?« fragt er herausfordernd.

»Eine Runde für alle!« prustet der Mann hervor, und

alle an Jakobs Tisch lachen mit. »Das Hurenlokal hat geschlossen, du Spanner, aber Spanner müssen trotzdem immer zahlen, verstehst du!?«

»Ich komme nur wegen ...«, jetzt weiß er es nicht mehr, er nestelt an seinem Mantel herum.

Der Junge kommt ihm wieder ungezogen nahe, schlägt dann aber gönnerhaft auf seinen Rücken: »Entspann dich, Alter, wir alle sind Huren.« Die jungen Leute am Tisch können sich kaum mehr halten vor Lachen, ein Mädchen legt ihre Beine quer über Jakobs Schoß: »Hallo Süßer, ätzend, daß du gerade mich gewählt hast«, sagt sie aufstachelnd. »Wie willst du es denn heute haben?!«

Jakob springt heftig auf: »Ich zahle die Runde!« Er doziert weiter im Lehrerton: »Wenn ihr euch wieder beruhigt habt.« Er setzt sich hin, schaut lauernd in den Kreis; na also, er hat sich durchgesetzt. Keiner interessiert sich plötzlich mehr für ihn, jeder wippt und wackelt für sich allein mit einem Fuß oder dem ganzen Körper zu dieser fürchterlichen Technomusik, die eine Baustellenatmosphäre erzeugt. Das harte Geräusch fällt in Jakobs Kopf wie ein schwerer Schlagbolzen, der mit einer Wucht durch seinen ganzen Körper fährt: »wumm ... wumm« und dabei vermutlich jedesmal ein Stückchen Trommelfell oder Gehirn in den Beinen versenkt.

»Und was macht ihr so?« ruft Jakob in die Runde hinein.

»Wer will das wissen?« Einer der Umstehenden nähert sich dem Tisch.

»Ich.«

»Bist du ein Bulle?«

»Na geh, das ist doch der Stammgast«, erklärt einer von Jakobs Gästen.

»Damit eines klar ist, ich war hier nicht Stammgast.« Jakob klatscht dabei etwas zögerlich mit der Hand auf die Tischplatte.

»Mir doch scheißegal.«

»Mir nicht!«

»Und warum nicht?«

Warum eigentlich nicht? Weil Jakob lieber einer von denen ist, die den kalten Schweiß für lebendigen Saft ausgeben?

»Ich bin Lehrer«, sagt er in einem Ton, wie wenn er Rockstar gesagt hätte.

»Da warst du aber als Stammgast cooler.«

»Ich bin ein cooler Lehrer.«

»Scheiße.«

»Glaubst du das nicht?«

»Glauben Sie es?«

»Jetzt hast du Sie zu mir gesagt.«

»Scheiße, es gibt keine coolen Lehrer«, sagt einer der Burschen, tritt gegen den Tisch, daß das Bier überschwappt, und geht weg.

»Was hat er denn?«

»Was wird er schon haben.«

»Na, irgendwie kommt bei euch kein Schwung auf.« Jakob fühlt sich souverän, er ist ein cooler Lehrer und gleichzeitig auch der Stammgast vom Hurenlokal.

»Du gehst auf den Geist, Alter.«

»Keine Kritik, keine Fragen. Richtig?« Jakob bleibt souverän.

»Geschnallt, Opa!«

»Und wie soll man euch verstehen lernen?«

»Da gibt's nichts zu verstehen!«

»Der reißt mir den Arsch auf.« Einer der Jungs reißt die Augen auf und schlägt mit der Handfläche auf den Tisch: »Könnt ihr alten Scheißer nicht kapieren, daß ihr draußen bleiben sollt?!«

»Du hast einen sehr kleinen, auf Fäkalien fixierten Wortschatz, mein Freund. Du solltest langsam lernen, deine Aussprüche etwas mehr zu differenzieren.«

»Das ist ein echter Klugscheißer, der Scheißer! Was willst du noch einmal verdifferenziert haben?!« Und er stößt energisch mit seiner Stirn gegen Jakobs Stirn.

»Jungchen, du trinkst mein Bier«, sagt Jakob automatisch. Aber plötzlich stürzt die Musik mahnend in sein Bewußtsein, sie ist wie Exorzismus, denkt er, sie treibt alles Vernünftige aus dir heraus ...

»Ich scheiße auf dein Bier«, brüllt der Junge und schüttet Jakob das Bier über die Jacke. Jakob sieht, wie sich die roten Aufschläge seiner neuen Jacke dunkel verfärben, er sieht die dunklen Ränder noch dunkler werden, er sieht, wie sich das Beinahe-Wildleder heftig hebt und senkt, weil Jakob lacht. Er lacht unbändig, weil ihm eingeschossen ist, daß er zur Schnecke gemacht wurde.

»Weißt du«, er steht auf. »Ich mag euch jungen Leute nicht«, hört er sich sagen; und dann, mehr zu sich selbst: »Das habe ich noch nie gesagt, ich habe es noch nicht einmal gedacht.«

»Na also, das hört sich schon besser an«, rotzt der Junge zufrieden, der jetzt kein Bier mehr hat. Er geleitet Jakob sogar freundlich hinaus: »Und laß dich hier nicht mehr blicken! Spul gefälligst deine Scheiße woanders ab.«

17

DAS LEBEN IST BLÖD«, sagte einst eine Schülerin zu Jakob, als er ihr vergeblich den Zusammenhang von Handeln, Konsequenz und Reaktion zu erklären versuchte. Das Mädchen fixierte Jakob mit aufgerissenem Mund und Augen, die immer glasiger und roter wurden, weil sie nicht zwinkerte. Als müßte jeden Augenblick das Entsetzen aus ihr herausbrechen, ein ungeheures Fabelwesen, da sich anscheinend ein Gefühl in ihr breit machte, das sie weder kannte noch zu benennen wußte. Jakob setzte besänftigend seine Erläuterungen fort, obwohl sie sich offensichtlich gegen jeden Ansatz von Logik sträubte. Aber was kann schon ein Klassenvorstand machen, wenn er einem Kind mitteilen muß, daß sein Vater sich das Leben genommen hat?

Das Mädchen, sie hieß Gabi oder Gudrun, sagte nur leise: »Das Leben ist blöd.« Sie sagte nicht, es sei sinnlos oder ungerecht, oder voll schmerzlicher Ereignisse. »Das Leben ist blöd«, hatte sie trotzig gesagt, so daß Jakob vor ihrer undifferenzierten Dummheit erschrak. Blöd war doch höchstens ein zorniges Wort aus dem Pausenraum, so wie dumme Kuh oder Trottel, die sich die Kinder wegen allerlei Kleinigkeiten an den Kopf werfen, vollkommen unangebracht für die augenblickliche Situation des Mädchens. Diese Beliebigkeit kränkte Jakob, da er während seiner Erläuterungen pflichtbewußt die Lehrerrolle auf Vaterersatzrolle zu erweitern begann.

»Das Leben ist blöd«, sagt Jakob laut. Heute versteht er ein wenig mehr die Tragweite undifferenzierter

Worte, ihre hilflose, demütigende Bedeutung, die allein mit einer Leichtigkeit aus einem herausfallen; jetzt, da er durchnäßt ist, nach Bier stinkt, beschimpft und hinausgeworfen wurde. Spräche ihm jemand von Handeln, Konsequenz und Reaktion, auch er würde sich nicht adoptieren lassen.

Wie seltsam sich Erinnerungen durch Gerüche zu falschen Vergleichen aufdrängen! Bloß weil sich Gabi damals, als er sie weiter zu trösten versuchte, säuerlich über seine Jacke erbrach und dann hysterisch lachte, bis Jakobs Kollegin, die dazukam, ihr eine Ohrfeige gab, muß er sich in seiner mißlichen Lage auch noch mit einer vor Jahren unzulänglich gemeisterten Situation belasten …

Jakob steht vor dem Westbahnhof, er geht hinein in die Halle, zieht seine alte Jacke aus der Einkaufstasche, er zieht sich um. Die Jacke ist etwas zerknittert, aber wenigstens ist er nicht mehr besudelt.

In der Bierhalle sind nur wenige, die noch schnell vor der Abfahrt ein Bier trinken; der Betrieb ist gemächlich, wie auf einer Endstation, ein Singletreff der Hoffnungslosen und Verlierer. Jakob holt sich ein Bier an der Theke, seines vorhin hat er ja nicht mehr austrinken können. Die Wut auf die jungen Leute degradiert er souverän zur dummen Kuh, den Neid auf eine verschworene Gemeinschaft zum Beispiel, der bereit ist, jede Situation an sich zu reißen, nennt er Trottel, und das Leben ist eben blöd.

Die mehr oder weniger betrunkenen Männer und wenigen Frauen im selben Zustand stören ihn nicht, im Gegenteil, hier kann er großzügig (so tief wird er nie sinken) ein Wir-Gefühl konstruieren, wie bei einer Ausflugsfahrt. Jakob will sich nicht betrinken, schon lange nicht mehr, zu sehr fürchtet er die schweren Gedanken und abgetauchten Ängste, die sich im betrunkenen Zustand aus der Umklammerung der Vernunft lösen könnten. Und außerdem hatte er einen Onkel Fredi, der ihm das mühsame Leben eines Alkoholikers vorgelebt hatte, die täglichen Krämpfe, bis der Pegel gestimmt hat, bis der Körper sich ruhig verhielt, und dann die Neige des Geistes, die sich unerbittlich in einer Schlaufe verfangen hielt. Jakob schaut auf sein Glas, er dreht es behutsam mit den Fingern, er sieht die Schlieren im Glas, sieht auf die Wassertropfen, die das kalte Bier auf dem Glas gebildet hat, wie er sie mit seinem Daumen aufhält, bis sie sich zu einem Wasserauge formen, dann zieht er den Daumen weg, und das Wasser rutscht ungehindert das Glas hinunter auf die Tischplatte, wo es wieder zu Tropfen zerfällt; er beobachtet, aber er denkt es nicht, er denkt nichts, überhaupt nichts und wundert sich dann, daß das möglich ist, nichts zu denken, und er wundert sich zufrieden.

Plötzlich stößt ihn ein Mann, der neben ihm steht, mit dem Ellbogen aus seiner Bedächtigkeit heraus: »Schau, schau«, ruft er und deutet mit dem Kopf in eine bestimmte Richtung. Dort läuft eine Frau quer über die Bahnhofshalle auf die Rolltreppe zu, und bei jedem Schrittwechsel schwingen ihre großen Brüste schwer auf und ab und ziehen dabei den sie prall umspannenden Pullover in die Höhe, so daß der Bauch der Frau für einen Bruchteil der Sekunde sichtbar wird. Aber schon fallen die Brüste wieder hinunter und drängen dann wieder hinauf … wie eine Flutwelle schwappt das kurze Schauspiel ein Grinsen auf die Gesichter der Männer.

»Ent-, ent-«, stammelt der Mann neben Jakob.

»Ent-schuldigung?« ergänzt Jakob.

Der Mann schüttelt den Kopf, zuckt mit den Augenlidern, als würde er mit der Kraft seiner Augen einen Film anhalten wollen, er deutet wieder in Richtung der nun entschwundenen Frau. »Ent-«, er strahlt Jakob an.

»Ent-zückend?« macht Jakob einen weiteren Versuch.

»Entzückend«, bestätigt der Mann die Richtigkeit der Wortspende.

Jakobs Mutter bekam nach ihrem ersten Schlaganfall auch eine Sprachunsicherheit. Der Vater nannte es im Kreis der Verwandten, wo er sein Fachwissen nicht verschwenden wollte, einfach Worteverlust. Mitten im Satz sagte die Mutter »ver ver« oder »ent« und zuckte auch mit den Augenlidern, wie dieser Mann, als könnte sie dadurch eine Klarheit in ihre Gedanken bringen. Jakob entwickelte sich zu einem einfühlsamen Zuhörer, Mitdenker und Vorausdenker, und wann immer er konnte, schloß er das Wort, indem er »wendete« oder etwas anderes Passendes sagte. War seine Ergänzung richtig, wiederholte die Mutter das ganze Wort. War es nur eine Annäherung an die Vorstellung, die sie davon hatte, was sie sagen wollte und wie sie es ausdrücken wollte, gab sie sich damit nicht zufrieden, und Jakob mußte weiter raten. War das Wort fertiggestellt, beruhigten sich ihre Augen wieder, und sie sprach weiter, bis sie in die nächste Falle tappte und am »um um« oder »ge ge ge« hängen blieb und mit ihrer ausgestreckten Hand nach dem passenden Begriff fischte und ruderte, den sie aber allein nicht fand.

Jakob schaut liebevoll zu dem Mann neben sich, er sagte »entzückend«, er wollte nicht »geil« oder »wusch« sagen. Und das ist der kleine Unterschied zwischen einer beliebigen Weinstube und einem Bahnhofslokal, hier sind Gestrandete, Treibgut unter den Hoffnungslosen, für die es wichtig ist, daß nicht alles selbstverständlich und klar ist, die sich Nischen bewahrt haben, in denen oder aus denen heraus sie nur stammeln können. Überrascht, entzückt stammeln. Wenn man sich durch nichts mehr überraschen lassen kann, dann hat man zu Hause in der Schublade nur noch Fotografien, auf denen Tote abgebildet sind, und das Wahrnehmungsvermögen verliert sich gänzlich in Erinnerungen.

»Ich schaue mir das Fotoalbum ein-, zweimal im Jahr an; aber höchstens zweimal. Das hat doch keinen Sinn«, führt Jakob seine Gedanken laut weiter.

Der Mann neben Jakob sieht ihn etwas erstaunt an: »Was hat schon einen Sinn«, sagt er dann tief über sein Bierglas geneigt, »meine Frau hatte auch solche Titten«, er richtet sich auf, deutet mit gerundeten Handflächen vor seinem Oberkörper die Größe der Brüste seiner Frau an, sieht dann zu Jakob: »Solche«, er verbessert die Entfernung der Hände zum Körper zugunsten der Größe, »und dann ist sie mit allem zu meinem Bruder abgehauen. Zu meinem eigenen Bruder.«

»Ich habe keinen Bruder«, sagt Jakob schnell, weil der Mann fordernd in seinem Blick kleben bleibt.

»Ich auch nicht mehr.«

»Und Sie stottern nicht?«

»Bist' deppert? Glaubst du, die ist weg, weil ich stottere?«

»Ich dachte nur, wegen vorhin.«

»Die konnte nicht genug kriegen.« Er nimmt sein leergetrunkenes Glas, sagt noch verächtlich: »Weiber!« zu Jakob, als ob er ihn mit einschließen würde, und geht.

Auch Jakob nimmt sein Glas, er geht dem Mann nach, er stellt sich an der Theke neben ihn, wartet ab, bis dieser sich ein nächstes Bier bestellt, und bezahlt.

»Das Leben ist blöd«, sagt nun Jakob bestimmt.

»Das Leben? Ich war blöd, und wie blöd! Den ganzen Tag hab' ich gehackelt, damit sie es leichter hat. Ich habe ihr eine funkelnagelneue Küche hingestellt, mit allem Drum und Dran. Mit dem Bruder zusammen, und dann haben sie drin gepudert!«

»Aber das Leben als solches ist blöd«, beharrt Jakob.

»Blöd ist der Mensch.«

»Wenn du dich endlich an das Leben gewöhnst, mußt du sterben. Das ist doch blöd.«

»Blöd ist nur der Mensch.«

»Aber die Schwierigkeiten, die Tage, das alles ...«

»Ich sage dir nur eines, blöd ist der Mensch. Und ich war saublöd. Zwei Jahre habe ich nichts gemerkt, das ist blöd. Und das«, er zieht sein Hosenbein in die Höhe und deutet auf seinen Socken, der in undefinierbarer Farbe lasch über dem Schuh hängt, »das ist auch blöd. Meine Sachen schauen alle so aus, weil ich sie alle zusammen gewaschen habe. Die Fleckerlteppiche sind eingegangen, die sind klein und hart wie Fußmatten. Verstehstdu!«

»Ich kann waschen.«

»Jetzt kann ich's auch, aber jetzt schaut schon alles so aus. Eine Filipina hätte ich mir nehmen sollen, wie der Georg.« Er klatscht mit seiner Hand gegen Jakobs Brust. »Der ist wie aus dem Ei gepellt, nicht wie du, voller Flecken, das kannst du mir glauben.«

Jakob schaut auf sich hinunter, die alte Jacke hat tatsächlich einen Fleck. Er reibt kurz an seinem zerknitterten Revers. »Mir hat es gefallen, daß du vorhin ›entzückend‹ gesagt hast«, versucht Jakob das Gespräch neu zu lenken.

Der Mann kratzt ausgiebig sein Genick, kneift die Augen zusammen, entblößt seine gelben Zähne. »Seit sie weg ist, bin ich ausgezuckt, ich war nicht mehr in der Arbeit, gleich am nächsten Tag nicht und nie wieder. Ich brauch' eh nichts. Für mich brauche ich nichts. Es sind immer die Weiber, die das und das und das brauchen.« Er stapelt imaginäre Haufen vor Jakob auf. »Ihre Mutter, oder die Kusine? Jetzt weiß ich das auch nicht mehr ... ist eh egal, hat unser Haus verflucht. Glaubst du an so was?«

»Also ...«

»Bist ein schöner Depp, wenn du daran glaubst, das habe ich der Gitti auch immer gesagt. Ich habe vom Glücksklee, stell dir vor, du wirst lachen, wirklich, den sie von der Mutter zu Silvester bekommen hat, das vierte Blatt überall weggerissen. Sag, glaubst du an so was? Hätte ich das nicht tun sollen?«

»Das Leben ist blöd, und dieser Mensch ist blöd«, denkt Jakob. Der Mann neben ihm, in den verwaschenen Socken, droht in Tränen auszubrechen. In jeder Drogerie kann man Bleichmittel und in jedem Blumengeschäft Glücksklee kaufen, aber Jakob will den Mann nicht provozieren. »Ich war nie verheiratet«, sagt er tröstend.

»Du mußt dir einen Papagei kaufen, dann bist du nie allein«, sagt der Mann nun nachdenklich. Und nach einer Weile: »Aber für einen Vogel leben, ich weiß nicht. Der Georg und seine Bibi haben mir einen Wellensittich gebracht, damit ich nicht so allein bin, aber der singt nicht. Der macht keinen Muckser, so depressiv ist der, und jetzt ist er halt allein zu Hause, in dem verwunschenen Haus. Kann man ein Haus so verfluchen, daß sogar die Vögel drinnen zum Singen aufhören? Also, ich persönlich glaube es ja nicht, aber es ist wahr.« Der Mann torkelt einen halben Schritt zurück, bewegt sich danach wieder mit einem Ruck zur Theke zurück.

»Wie lange ist es denn her, daß sie weg ist?«

»Ich bin zeitkrank.«

»Das kenne ich nicht.«

»Schau«, er stützt sich umständlich auf den Ellbogen: »Die Tage vergehen nicht, und wenn sie vergehen, weiß ich nicht, wie viele vergangen sind. Eine Krankheit kriegst du nie wieder in den Griff. Ich bin Rettung gefahren, für das Wilhelminenspital im 16. Bezirk. Ich habe Leben gerettet, Kinder zur Welt gebracht, Tote gesehen, verstehstdu, was ich meine? Ich kenne das Leben, das Elend. Ich war ein guter Fahrer, immer mit 0,0 Promille, weil ich Respekt habe vor dem Leben, verstehstdu. Die Kranken und die Kaputten, die kenne ich alle, wie sie jammern und betteln und auf den Monitor starren, und das macht bip bip bip bip und dann biiiiiii.« Er macht eine Handbewegung über seinen Kopf hinweg und zieht das i in die Tiefe hinunter. Dann nimmt er sein Glas in die Hand, trinkt, stellt es mit großer Geste wieder auf den Tisch, sieht Jakob bedeutungsvoll an, unterstreicht so die Dramatik seiner Lebenserfahrung, sagt nicht einmal mehr »verstehstdu?!«. »Die haben Augen, das mußt du gesehen haben, aufgerissen wie zwei Spiegeleier. Die nackte Angst, da kannst du nicht ruhig zuschauen, da gibst Gas und kriegst selbst fast einen Herzinfarkt in den verstopften Straßen. Für eine Strecke, die du sonst in zehn Minuten fährst, brauchst du zu Mittag auch eine halbe Stunde! Und dann hast du vielleicht einen Toten im Auto, wenn du Pech hast. Und die Frau zu Hause, die kocht nicht dein Mittagessen, die läßt sich's von deinem Bruder besorgen ...«

Jakob hört nicht mehr zu, der Mann hat sich in eine Schleife hineingetrunken, in der er sinnlos seine Sätze wiederholt. Wie ein Rennfahrer rast er immer dieselbe Strecke entlang: die Frau, die Rettung, der Vogel, der Bruder. Verwunschen – gibt's das? Natürlich muß man Erinnerungen haben, aber man muß sie auch vergessen können, um Neuem Platz zu machen. Wenn die Erinnerungen vor dem offenen Auge stehen bleiben, sieht man höchstens Vergleiche, wenn überhaupt. Erinnerungen muß man mit sich tragen wie einen Korb Nüsse, die man nur dann und wann behutsam öffnet, um den Kern nicht zu verletzen. Erst das Vergessen macht Erinnerungen wieder erlebbar. Jakob erinnert sich gern. Alles, was schon abgesunken ist aus dem Bewußtsein, kommt gereinigt, beinahe heiter wieder ins Bewußtsein zurück. Auch er hat gelitten, Kränkungen überwunden, Schmerzen ertragen, aber aus seiner inneren Waschmaschine kehren Kränkungen als Torheiten zurück; an Schmerzen erinnert er sich sogar mit ein wenig Stolz: »Ach, was habe ich alles schon ertragen in meinem Leben«, und immer ist ein stummes »Ach« dabei, ein erleichterndes, ein fast verächtliches »Ach«, weil es ihm jetzt lächerlich erscheint, das Warum und Wieso, weit entfernt und fremd. Der Alkohol simuliert einen hypnotischen Zustand, er läßt die Gegenwart nicht zu, er verstärkt nur die letzten nüchternen Geschehnisse oder die ersten betrunkenen. Überdimensional und ausweglos wird der letzte klare Gedanke: die Frau, die Rettung, der Vogel, der Bruder. Verwunschen – gibt's das?

Das Erinnern ist eine Kunst. Im Normalfall überlebt der Sohn den Vater, aber der Sohn trägt den Vater in sich. Widerfährt ihm dann irgendein Unglück, so sagt er: »Was für ein Unglück!«, und er läßt sich keine neuen Gefühle einfallen, um das Unglück zu empfinden, auch keine neuen Gesten, weil er sich damit zufriedengibt. Er ringt die Hände, rauft sich die Haare, betrinkt sich, er sagt: »Was für ein Unglück!«, er wird müde, traurig, kraftlos, er wiederholt und holt immer wieder die unbefriedigenden Muster aus sich hervor und wird nicht froh oder gleichgültig. Jakob weiß, daß er sein Vater und sein Großvater ist, und wird er einmal nicht mehr sein, so wird er vielleicht sogar in Buchmüller weiterleben. Aber um sich richtig zu erinnern, muß man aufhören, die Hände zu ringen, sich zu betrinken und in der Erinnerung zu verbleiben, um das Leben wieder breiter zu sehen als die Entfernung zwischen der Frau und dem Bruder, die immerhin, in flagranti besehen, sehr klein gewesen sein muß.

»Ich schenke dir meinen Wellensittich. Du bist ein Freund.« Der Mann legt seinen Arm um Jakobs Schulter. »Wenn ich nicht so total fertig wäre, könntest' sehen, was für ein Supertyp ich bin. Die irrste Gaudi haben wir gehabt, bevor …« Die Frau, die Rettung, der Vogel, der Bruder. Verwunschen – gibt's das?

Das Erinnern ist eigentlich eine private Angelegenheit, eine Seelenonanie, weil man sich die Dinge holt, wie man sie braucht. Ein bißchen Schamgefühl, eine Prise Kränkung, Freude, alles ist machbar, der Mandelkern liefert die emotionale Erinnerung, prompt, wenn auch etwas bitter. Die Straße, der Garten, die Teekanne, das Gesicht der Mutter, die Sachen bleiben wie unverwüstbare Gemmen ins Gedächtnis eingemeißelt, nur die Gefühle, Stimmungen verwandeln sich jeweils durch den Gemütszustand, aus dem heraus Jakob sie abruft. Aber Selbstbefriedigung in der Öffentlichkeit, Anteilnahme für Gefühle, die einen befallen wie Flöhe, bedarf einer besonderen Sprache. Da genügt es nicht zu sagen: »Es ist so traurig.« Man muß die Sprachfertigkeit besitzen, alles zu überbieten, was sonst noch an einem Tag daherkommt. Das Leder mitbringen, die Spitzenhöschen und nackt sein zugleich. Denn die Worte haben sich abgenützt. Die Gesellschaft der Superlative, die alles abmißt, berechnet, vergleicht, braucht immer neue Maßstäbe. Festgelegt sind nur der Meter, der Liter, das Grad und was sich sonst noch davon ableiten läßt. Groß, gut, schlecht sind inflationäre Qualitäten. Und sagt jemand, daß sein Zimmer hell ist, bedeutet das nur, daß es auch Fenster hat; das Zimmer muß geil hell sein und der Raum überhaupt ein Wahnsinn. Der Konsens hat sich verändert. Je vager die Beschreibung, desto überzeugter sind die Leute, einander zu verstehen. Zu Widersprüchen ist nur noch einer fähig, der sich präzise und differenzierte Gedanken macht, denkt Jakob wehmütig.

»Ich hätte sie grün und blau schlagen sollen, so hobbymäßig, aber heute ist es schon sexuelle Belästigung, wenn du deine eigene Frau mit einem anderen erwischst.« Der Mann neben Jakob sabbert ihm unablässig weiter in die Gedanken.

»Weißt du was, du bist ein Arschloch«, sagt Jakob und macht sich unwirsch aus der Umarmung frei.

»Was sagst'!«

»Ein Arschloch. Ein Trottel.« Buchstabiert Jakob das letzte Wort mit gehässigem Nachdruck.

»Das nimmst du sofort zurück.«

»Warum? Ich kann dich anspucken, und dir wird es gefallen. Weil du dir in deinem Mitleid gefällst, weil du keine Zukunft mehr hast«, sagt er befriedigt.

»Und was hast du für eine Zukunft?!« versucht der Mann mit sichtlicher Anstrengung, Jakob zu den Hoffnungslosen hinunterzuziehen.

»Sieh her«, Jakob hält ihm seine Hand unter die Nase und macht langsam eine Faust, »so kann ich deinen Wellensittich zerdrücken, dein Selbstmitleid mit zwei Flügeln, und du wirst nur weiter jammern. Leuten wie dir sollte man das Atmen verbieten.« Jakob weiß, daß er zu weit geht, aber die Macht schmeckt ihm, die Bosheiten, die ihm einfallen und die er gar nicht alle ausspricht, fallen auf seine Zunge wie dicke Honigtropfen. »Weißt du«, jetzt legt Jakob seinen Arm um die Schulter des Mannes, er spricht leise in sein Ohr: »Weißt du, mein Freund, wäre ich deine Frau, ich hätte für jeden die Beine breit gemacht, weil du so schön leiden kannst. Und wer weiß, vielleicht hat sie es ja getan. Weißt du es?!« Jakob drückt seine zusammengepreßten Lippen gegen das Ohr des Mannes und macht ein Schnalzgeräusch, daß der Mann vor Schmerz oder Schreck ruckartig zurückweicht und im Torkeln Halt sucht. Jakob lacht, er wiehert, er trinkt den Rest seines Bieres aus, er geht, berauscht von der Unfähigkeit eines anderen, durch die Bahnhofshalle hinaus, auf die Straße und lacht dabei blödsinnig über das ganze Gesicht. Wenn Menschen zu Würmern werden, müssen sie sich auch winden! Jakobs Vorgehen war die logische Antwort auf das Zuhören, er war nur ein

Reflektor, der die Dinge zurückwarf, die Wellensittiche und ähnliches, die man ihm umzuhängen versuchte. Jakob reagiert nur, und deshalb hat er sich auch nichts vorzuwerfen, wenn er gezwungen wird, den Menschen einen Spiegel vorzuhalten. Würmer müssen sich winden, und Engerlinge muß man zertreten, sonst fressen sie die Wurzeln auf. Was haben sie zu Hause im Garten nicht alles unternommen, in den Sommern, in denen abends Schwärme von Junikäfern herumsurrten, um ihre Engerlinge in den Erdbeerbeeten aufzuspüren!

Wieder auf der Straße, bemerkt Jakob, daß er vergessen hat, aufs Klo zu gehen. Es ist immer dasselbe mit der Blase, aber zurückgehen will er nicht mehr, aus Prinzip nicht, nicht aus Aberglauben. Jakob hält Ausschau nach einer geeigneten Einfahrt. Draußen brunzen, bei starkem kühlen Wind, ist nicht angenehm und dann womöglich von einem schnatternden »Alte Sau!« oder »Wie die Hunde!« begleitet ... aber die Natur ist immer noch stärker als der Mensch, und das sollten auch diese Alternativen und Vegetarier mit Genugtuung zur Kenntnis nehmen. Eigentlich sind es immer nur Frauen, die sich da so erregen können, manche bleiben sogar stehen und starren einem in den Nacken, bis der Strahl versiegt. Dann muß man ganz ruhig bleiben, kein Schütteln, keine überflüssige Bewegung, nur die Hose zuknöpfen und gehen. Sie geben ja nur ihre Stimme ab, und wenn man sie ignoriert, haben sie keine mehr. Alles andere als ignorieren schürt den Neid der Frauen unnötig, und das Pinkeln im Freien gehört eindeutig in das Penisneidpaket.

Jakob knöpft seinen Stall zu, keiner hat ihn gesehen, die entleerte Blase entspannt wieder seine Gedanken.

18

JAKOB ÖFFNET ein Fenster. Er wischt mit der Hand über das Fensterbrett, wischt dann die Hand, den Staub, der sich durch das schlecht schließende Fenster angesammelt hat, in den Teppich. Der Blick aus dem Fenster wird nach wenigen Metern von der nächsten Hausfassade gestoppt; jeden Morgen derselbe Crashtest, der Blick, der sonst den Horizont sucht, wird in die Breite gezogen, gequetscht, wie das Gesicht eines neugierigen Kindes, das sich die Nase an einer Glasscheibe plattdrückt. Einige Fenster sind erleuchtet, einige Rollos sind hinuntergezogen, einige wirken wie weiß umrahmte Gruben. Noch langweiliger ist nur, länger aus dem Fenster zu schauen, die Fensterzeilen und Reihen zu zählen, sie zu multiplizieren und zu addieren. Wenn Jakob ein Gesicht erspäht, schaut er sofort weg, schließt das Fenster, zieht manchmal sogar sein Rollo hinunter. Und in der Stadt verändert sich auch nichts durch das Lüften!

Früher, als noch die Mutter in der Früh die Fenster und Türen öffnete und den Wind von der Donau hereinließ, daß sich die Gardinen bewegten, die Zeichenblätter an der Wand raschelten, die Hefte und Papiere auf dem Tisch sich gegen den neuen Tag aufbäumten, da gab es noch einen scharfen Schnitt zwischen Nacht und Tag. Der Wind trug die nächtlichen Gedanken hinaus, alles rückte wieder zurecht im Licht, machte sich begreiflich und sichtbar. Sogar die nächtlichen Tropfen auf dem Laken trockneten verstohlen zu kleinen runden

Krusten und wurden, nachdem sie Jakob zwischen seinen Fäusten zu Staub zerrieben hatte, am Boden verblasen. In der Stadt kann er seine Wohnung nicht durchwehen lassen, und weil die schlechte, verbrauchte Luft, ein Gemenge aus abgestandenen Gedanken, Seufzern und Furzen, verfangen zwischen Sesselbeinen und Glasvitrinen, seit Jahren bloß hin und her geschaukelt wird, überfallen ihn so oft alte Wünsche und vertane Möglichkeiten. Jakob schließt das Fenster, er räuspert sich, er räuspert sich noch einmal lauter, um sich im Raum wahrzunehmen. Er stellt sich in den Türrahmen und beginnt, seinen Rücken an der Holzkante zu reiben. Es ist die Kante seines unerfüllten Kinderwunsches. Eine Tochter oder ein Sohn; eigentlich hat er zu diesem kleinen Unterschied keine klare Vorstellung, nur die Idee von zwei kleinen Händen, die ihm den Rücken rauf und runter fahren, seine Haut sanft kratzen, wohlig und begierig, weil sie dem Vater so nahekommen dürfen. Das sonntägliche Rückenkratzen, den einzigen Körperkontakt zu seinem Vater, an den sich Jakob erinnert, bedankte ihm der Vater mit ausgiebigem Grunzen: »Links oben, oben, höher, höher, jaaah«, und dann das unartikulierte Grunzen, sobald Jakob jene Stelle erreichte, die Vater im Augenblick bevorzugte. Er lud Jakob durch sein Grunzen zum Verweilen ein, und Jakob kratzte wild und glücklich auf Vaters Haut, als könnte er eine Grube graben, um sich dann hineinzulegen, und er empfand Vaters Entspannung als den äußersten Höhepunkt des Müßigganges, als den Augenblick der Woche, um den die übrigen Stunden und Tage nur gruppiert sind, damit durch Täler und Flüsse und Wiesen ein Berg Berg sein kann. Viele Erinnerungen an den Vater hat er nicht.

Vielleicht gibt es überhaupt weniger Erinnerungen an die Väter, weil sie abwesend sind, weil sie sich mehr um Geschäfte als um Angelegenheiten kümmern.

Jakobs kindliche Vorstellung vom Erwachsensein war deutlich von Vaters Grunzen geprägt. Aber unbeweibt und kinderlos besitzt er bloß eine Auswahl von Saunabürsten und groben Massagehandschuhen, deren Handhabung nur ein magerer Schatten seiner Sehnsucht bleibt. Jakob reibt sich am Türrahmen wie ein einsames Tier am Baumstamm. Sein Körper, der ihn umgibt, erscheint ihm schlaff wie ein Sack, wie das abgezogene Fell eines Hasen, längst hat das Tier ihn verlassen, ist langsam aus seinem Käfig entwichen. Sorgfältig reibt er zwischen den Schulterblättern, sucht die Stelle, wo die noch lebensfähigen Gefühle sitzen müßten, Gefühle, die in jedem selbstverständlichen Leben sind, weil sie da sind, ohne wenn und aber, weil der Körper ein Tier ist, angefüllt mit Säften, deren Pulsieren nicht Angst und Krankheit bedeutet, sondern ein lebendiges Streben. Aber das Selbstverständliche, andererseits, ist das tägliche Leben, jedem sein eigenes, und keiner kann sich in die Selbstverständlichkeit eines anderen hineinkratzen, auch nicht in Sehnsüchte, sonst wären sie Selbstverständlichkeiten und nicht selbstverständliche Sehnsüchte. Und deshalb hat Jakob eine gepflegte Vergangenheit und geordnete Verhältnisse, bis auf die wenigen Augenblicke, wo er dem Leben vorwirft, an ihm vorüberzugehen, ihm kleine, flinke Hände vorzuenthalten, und auch, daß es das Tier hat unbemerkt entweichen lassen, auch wenn es vielleicht nur ein Kaninchen war.

Jakob war immer schon bescheiden, nicht selbstlos,

aber anspruchslos. Verbrachten sie den Sommer bei den Großeltern in den Weinbergen von Langenlois, und er verbrachte jeden Sommer seiner Schulzeit dort, waren die Tage bestimmt von den schmalen Wegen zwischen den Weinstöcken. Im Juli wurden sie täglich oftmals begangen … im August befestigten sie Dutzende von Flaschen mit Honigwasser in den Reihen, um die Wespen von den Reben abzulenken … und Ende August begann langsam das Traubenessen. Zuerst teilte man sich den ersten gereiften Strunk, dann aß man die prallen reifen Beeren, und schließlich kämpfte man bis spät in den Oktober hinein mit der Überfülle der verderblichen und verdorbenen Frucht. Zu dieser Zeit durfte kein anderes Obst gekauft werden, immer und überall waren nur Trauben, denn von den Sommerferien fuhren sie mit Kisten voller Trauben nach Hause. Da lernte Jakob Bescheidenheit und Demut, ja Verzicht, und es hat ihm nicht geschadet, auch wenn manchmal das Obst zwischen zwei Heften oder Büchern in der Schultasche zerquetscht wurde. Während seines Studiums ist er dann natürlich Langenlois entwachsen, er aß Melonen in Griechenland, Orangen in Sizilien, Feigen in Spanien und sogar Kokosnüsse auf den Malediven. Mit Rucksack und Zelt haben sie sich immer die schönsten Plätze gesucht, direkt am Strand oder in den Bergen. Sein Studienkollege Josef Bauernfeind war ein sehr wortreicher Mensch, ein Charismatiker, sagt man heute, der fremde Leute dazu brachte, ihm ihr Badezimmer zur Benützung anzubieten. Jakob profitierte von Josefs Kontaktfähigkeit. Josef hatte den selbstverständlichsten Selbsterhaltungstrieb, auch wenn es sich nicht immer um Selbsterhaltung, sondern öfter um Bequemlichkeit handelte. »Brauchen Sie Ihren Sessel, meiner wackelt so?« war nicht nur eine denkbare Frage, die er aus seinem unerschöpflichen Glauben, andere Menschen überwachten beunruhigt sein Wohlgefühl, hätte formulieren können, es war einmal in Spanien eine tatsächliche Frage, die sogar zum Sesseltausch führte. Josef hätte genausogut: »Brauchen Sie Ihre Lebenslust, meine ist mir abhanden gekommen?« fragen können, und er hätte sie bekommen. Aber Lebenslust besaß er selbst genug, und Jakob bekam durch den Freund die Möglichkeit, in fremde Leben einzutauchen. Ohne Anstrengung, nur weil er zufällig an einem Ort war, an diesem Ort, nahm er teil am Leben, das ihm an sich egal war; befreundete sich mit Menschen, deren tägliches Leben ihm so fremd war wie der Ort zuvor und die doch ihr ganzes tägliches Leben hier zubrachten. Man sieht in ein Dorf, in ein Fenster, und überall leben Menschen unbemerkt ihr ganzes Dasein. Jakob ging durch fremde Wohnzimmer und Badezimmer, registrierte das Übliche und das Besondere, er begaffte den Unterschied, erfragte, beobachtete, sagte vielleicht befremdet »aha« zu der Art und Weise, wie die anderen das machten, was ihr Leben war, aber er schaute hinein, und es gefiel ihm. Die Preise wurden verglichen, die Gehälter umgerechnet, aufgerechnet, relativiert, und überall verliebten sich Mädchen in Josef, die er dann mit Knutschflecken markierte, wie er es nannte, und Jakob hatte oft das Zelt für sich allein. Josef erzählte den Mädchen immer Geschichten über Sterne, wieso welcher Sterbliche oder Gott in den Himmel versetzt wurde, über ihre Liebesabenteuer, und sehr gern sprach er über die Vorherbestimmung. Es war immer das gleiche, das Mädchen lehnte sich irgendwann an seine Schulter, und er sprach dann sehr leise weiter, so daß Jakob nie das Ende der Geschichten mitanhören konnte. Waren sie allein, sagte Josef eher Dinge wie: »Eigentlich ist es schwer vorstellbar, daß man bei erloschenen Sternen nur die reine Physik sieht.«

Josef heißt nicht mehr Bauernfeind, nicht einmal Josef heißt er, nur Aschara. Er ist jetzt ein Guru. Er trägt einen bodenlangen weißen Kaftan, oder er trug ihn zumindest, als Jakob ihn das letzte Mal zufällig traf und sie dann gemeinsam in einen Gastgarten gingen. Mit Josef, also Aschara, war es nicht möglich, sich einfach zu erinnern oder einander auf die Schultern zu klopfen, oder etwas anderes zu tun, das die vielen getrennten Jahre etwas rafft. Josef bedeckte mit acht seiner Finger den Mund, stützte mit den Daumen das Kinn ab und langte dann, nach einer Weile, mit beiden Händen nach Jakobs Arm. Nach einem längeren Blickwechsel sagte er, er sagte es eigentlich nicht, er drang mit den Worten: »Erfülle dir deinen Wunsch konsequent« in Jakob ein. Jakob wollte schon »So viel Platz ist nicht in mir!« aufschreien, aber noch rechtzeitig brauchte Josef wieder seine Finger, um sie sich auf den Mund zu legen.

Oder Josef sagte: »Hörst du?«, und Jakob hörte, wie aus einer Wohnung oberhalb des Gastgartens Kinder »Oh, Tannenbaum« sangen. Und dann begann Aschara tatsächlich zu weinen, weil er die Kinder bedauerte, daß sie, wie er meinte, aus Ermangelung an Liedern im Sommer Weihnachtslieder singen mußten. Jakob schämte sich sehr während dieser zwei Stunden, die sie so zusammensaßen, die wie zwei Tage vergingen. So an jemandem vorbeigeredet oder auch vorbeigehört hat er nur selten. »Why am I not having a fucking good fuck!«

sagte Josef, nachdem er sich die Tränen abgewischt hatte, oder er philosophierte darüber, daß alles, was mit ver- beginnt, ein verdorbener Zustand sei. In irgendeinem Buch steht das bestimmt, dachte Jakob, er rutschte auf seinem Sessel umher, er beobachtete die anderen Tische, um festzustellen, inwieweit er und Josef im Zentrum der Beobachtung standen. Unweigerlich dachte er aber auch an verdrehen, verehren, verdanken, verflüchtigen, verlogen, verlieben und fand überhaupt keinen gemeinsamen Nenner, weder einen positiven noch einen negativen. Josef hörte kurz zu und sprach lang, er breitete seine umfangreiche Gesinnung aus, und Jakob konnte dem nichts entgegensetzen außer einen stillen Trotz. So viele Sätze, die mit »du mußt« begannen, hörte er zuletzt von seinem Vater. Jakob schloß zwischendurch die Augen, um es Aschara gleichzutun, aber nicht um ihm zu folgen, sondern um eine solide, eigenständige Gemütsbewegung zu registrieren. Er suchte mit gedachten Blicken systematisch seinen Körper ab, hauptsächlich beschaute er seinen Brustkorb, um »wie geht es mir?« abzuklären, dann öffnete er ratlos die Augen, und die Umgebung sprang wieder in seinen Blick, der sprechende Josef, die anderen Tische, zuerst nur als Farben, Formen und Bewegungen, die sein Gehirn aber rasch zu Informationen verarbeitete.

»Die verpaßten Möglichkeiten gehören zum Leben!« sagte Jakob schließlich ungeduldig, er wollte sich keine Mängel mehr erklären lassen, er weiß am besten, wie das mit den Tips und Ratschlägen ist. »Ich will dir diese philanthropische Leidenschaft nicht vermiesen, Josef, aber die letzte Entscheidung liegt immer beim Empfänger. So viel zu meiner konsequenten Wunscherfüllung.«

Josef schürzte die Lippen, drückte sein Kinn beinahe gegen den Adamsapfel und brummte: »No problem.«

Das Gespräch war beendet.

Jakob verläßt seinen Reibebaum und setzt Teewasser auf. Dankbarkeit ist das übelste Gefühl, sinniert er abschließend, und es gibt Leute, bei denen steigt man immer mit einem Minus aus, sobald man ihnen nur die Hand reicht. Wen er jetzt damit genau meint, weiß Jakob nicht, aber wahr ist es.

19

Es läutet an der Tür. Durch das Guckloch sieht Jakob seinen händefuchtelnden Wohnungsnachbarn. Frübauer Johann, früh ohne h; ein unangenehmer Mensch. Ein Mann, der immer hochgradig erregt ist, auch allein mit sich gestikuliert und sich so auf eine Auseinandersetzung vorzubereiten scheint. Er ist nicht bloß ein passionierter Nörgler und Besserwisser, die personifizierte Empörung, Frübauer ist ein krankhafter Defätist. Ein Geldgewinn würde ihn an den Rand des seelischen Ruins bringen, wegen Deflation, Kapitalertragsteuer. »Jetzt, wo sogar die Banken zahlungsunfähig werden; der Dow-Jones-Index ist ins Bodenlose ... nein verschonen Sie mich«, würde er sagen. Gewinnt die österreichische Nationalmannschaft ein Fußballspiel, schon droht ein weiterer Angstgegner. Jakob ist das langweilig und zuwider. Dieser Frübauer verkörpert die pure Aussichtslosigkeit, und er provoziert Jakobs Harmoniebedürfnis, er vermittelt den beunruhigenden Gedanken, irgendwann sterben zu müssen, ohne erfahren zu haben, wozu das alles gut war.

Unwillig löst Jakob die Türkette. Frübauer steht immer draußen wie ein schlechtes Omen. Mit seinen dikken Wangen, seinem runden und breiten Körper, angeblich Hinweise auf den warmherzigen, gemütlichen Pykniker, widerlegt Frübauer jede Konstitutionsspekulation mit einem einzigen stummen Blick. In eine große Krise stürzten ihn die letzten Nationalratswahlen, sein Schwitzen und die Kurzatmigkeit erreichten einen neuen Höhepunkt. Da seine Partei gewonnen hatte, konnte er hemmungslos die Koalitionsunfähigkeit beklagen, er bejammerte jeden Kompromiß, befürchtete, bedauerte und beweinte.

»Das Wichtigste im Leben ist der Mut«, sagt Jakob immer wieder zu Frübauer. Frübauer fordert ihn heraus, Dinge zu sagen, an die er selbst nicht glaubt, Allgemeinplätze der beschwichtigenden Art. Zuwider, zuwider, unangenehm, denkt Jakob, und fad. Wie ein Konzert der Minimalisten, verdammt unangenehm, verdammt fad, den ganzen Abend lang nur acht Töne!

»Guten Tag, Herr Nachbar!« fuchtelt sich der Nachbar mit jedem Wort der Türschwelle entgegen.

Er sagt immer Herr Nachbar, unangebracht familiär, bloß weil sie Wand an Wand schlafen. Jakob sieht Frübauer streng in die Augen: »Und?«

»Ja, das wollte ich Sie immer schon fragen, warum sagen Sie immer nur ›und?‹, wenn ich Sie grüße?«

»Sie wollen doch etwas von mir?!«

»Ich habe für Sie ein Paket entgegengenommen«, antwortet Frübauer überlegen.

»Und wo ist es?« Jakob bleibt ungerührt.

»Ich konnte ja nicht wissen, ob Sie auch da sind!«

»Und ob Sie es wußten!«

»Na, dann wußte ich halt nicht, ob Sie auch aufmachen werden.« Frübauer geht langsam in seine Wohnung zurück, kommt aber gleich wieder mit einem verschnürten Bündel Telefonbücher.

»Was bekommen Sie von mir?«

»25 Schilling. Also ich, ich nehme ja nicht jedes Jahr neue Telefonbücher. Das ist Verschwendung.«

Jakob kramt in seinen Hosentaschen nach Kleingeld,

er könnte Frübauer mit dem Geständnis, daß er überhaupt kein Telefon hat, aus der Fassung bringen …

»Sie sind ja Lehrer, Herr Nachbar, können Sie mir sagen, wie die Post sich das leisten kann, jedes Jahr eine unglaubliche Menge von Telefonbüchern um nur 25 Schilling an die Leute zu verteilen? Man hört doch andererseits vom Defizit und sogar von Privatisierung?! Stellen Sie sich vor, Sie müssen etwas ganz Privates, sagen wir, einen Liebesbrief, hahaha, einem womöglich unsympathischen, korrupten Unternehmer anvertrauen! Da wird doch alles mit einem Schlag unromantisch, das will doch niemand! …«

Jakob unterbricht ihn genervt: »Schauen Sie, Sie bringen alles durcheinander. Die Telekommunikation schreibt keine roten Zahlen, im Gegenteil, und wenn die Leute nicht die richtigen Nummern haben, können sie nicht telefonieren, deshalb gibt ihnen die Post …«

»So ist es nicht. Hätten die Leute keine Nummern, so müßten Sie die Auskunft öfter anrufen, und der Telefonschilling rollt dann noch mehr. Da wird ein gewiefter Unternehmer falsche Nummern in die Telefonbücher drucken lassen, damit die Leute die Auskunft …«

»Wenn Sie alles besser wissen, was fragen Sie dann?«

Frübauer wechselt schnell das Thema, ohne eine gefährliche Pause zuzulassen: »Haben Sie gestern die Spätnachrichten gesehen?«

»Ja, und?«

»Na, die Fahrthofer, die schaut wirklich schlecht aus. Finden Sie nicht?«

»Finde ich nicht.« Jakob fällt ein, daß er die Nachrichten nicht gesehen hat. Schon wieder zwingt ihn Frübauer, Dinge zu sagen, die er nicht will.

»Ob die wieder schwanger ist?«

»Aber nein.«

»Aber sicher!«

»Sicher nicht, ich weiß es bestimmt«, entgegnet Jakob entschieden, als ob er ihr Ehemann oder, mehr noch, ihr Gynäkologe wäre.

»Dann sollte sie sich doch wenigstens die Haare schneiden lassen. Finden Sie ...«

Mitten im Satz schließt Jakob die Tür. Frübauer entwertet die Worte, sobald er sie durch seine Kehle läßt. Massensendung. Da ist ihm die Wesely, sogar die Freudensprung lieber. Die versenkt zwar alles durch ihre Ausführlichkeit ins Bedeutungslose, bespricht ihre Gefühle oder stellt ihm andere sinnlose Aussagen in die Ohren, weil sie hauptsächlich so redet und handelt, wie sie es sich vorstellt, daß es sich gehört. Aber ihre Absicht ist vorhersehbar, denn die Anleitung holt sie sich aus dem Fernsehen, und das ist harmlos, nur eingeschränkte Wirklichkeit: Die Frauen sind verstrickt und verwoben, die Männer sind angenagelt, und alles andere ist auch bequem vorformuliert.

Das kenntnislose Gerede Frübauers aber bereitet Jakob beinahe körperliches Unbehagen. Er rülpst schließlich tief und erleichternd.

20

Jakob umschliesst mit der Hand das weiche gelbe Kücken, das er vor Wochen in der Trafik gekauft hat. Jedes Jahr kauft er ein winziges Plüschkücken um wenig Geld und trägt es bis zum Fest der Auferstehung in der Jackentasche mit sich. Am Ostersonntag fährt er dann zum Grab, wo seine Eltern liegen. Noch zu Lebzeiten hatte der Vater für seine letzte Bleibe vorgesorgt, wollte bis zuletzt die Kontrolle behalten, über seinen Tod hinaus das Wie und Wo bestimmen. Gleich nach dem Tod der Mutter, als er einen passenden Granitstein bestellte, ließ er unter ihrem Geburts- und Sterbedatum seinen eigenen Namen, Johannes Sagmeister, einmeißeln, darunter »Schuldirektor«, darunter »1915« und einen Bindestrich; das Sterbejahr fehlt bis heute. Für Jakobs Namen ist kein Platz mehr auf dem Granit, daran hat der Vater nicht gedacht.

Seit Jakob, schon als Knabe, auf den Friedhof gehen mußte, lag also der Vater im Grunde auch unter dem Stein. Immer waren es neblige Novembernachmittage, die Erde war zum Teil schon gefroren, und er mußte lange in der Kälte herumstehen, bis alle ihre weißen und gelben Chrysanthemen abgelegt hatten. Jakob bemühte sich, dem Anlaß entsprechend, möglichst melancholisch auszusehen. Er stierte »abwesend« in die Gräberreihen, ließ die Augenlider langsam das Blickfeld schließen, dann öffnen, sah wieder in die Gräberreihen. Aus den Augenwinkeln beobachtete er den Vater, der den Grabstein mit liebevoller Hingabe reinigte. Unter dem starren Ausdruck, den er bemüht war zu halten, dachte Jakob über das Oben und Unten, Drinnen und Draußen, das Lachen und Nicht-lachen-Dürfen nach, und daß alles eigentlich nur ein Spiel sei. Ein langweiliges Spiel, bei dem das Innen und Außen nicht übereinstimmt und es trotzdem egal ist, und man es dennoch nicht vermischen darf. Wichtig schienen, wie in den meisten Situationen seines späteren Lebens, nur die äußeren Umstände, der gute Stand, warme Socken und festes Schuhwerk, um es durchzustehen.

Zu Ostern ist nicht nur das Wetter freundlicher, man kann auch überall bunte Frühlingssträuße kaufen. Jakob zieht einen Gartenhandschuh mit kleinen Gumminoppeln über und beginnt das Gras, den Löwenzahn und sonstiges Gestrüpp auszujäten. Er legt in dem brachliegenden Feld die Erde frei, wirft Steinchen, die an die Oberfläche drängen, zu den Nachbargräbern, tritt langsam und bedächtig den Boden flach, Jahr für Jahr, Schuhabdruck neben Schuhabdruck. Dann stellt er ein Einmachglas mit Blumen mitten hinein. Würde er Zigaretten rauchen, wäre jetzt der geeignete Augenblick, sich eine anzuzünden, das Getane zu begutachten, zu verweilen; aber er nimmt nur das Kücken, das er tagelang mit sich getragen hat, aus der Tasche und drückt es mit dem Daumen in die Erde hinein. Dann verschließt er das Loch, das er dabei gestochen hat, und geht durch Reihen und Sektoren fremder Gräber zum Ausgang, fährt wieder nach Hause. Dieser jährliche Osterspaziergang ist ein ordentlicher Tagesausflug, mehr als siebzig Kilometer mit Bus und Eisenbahn, und wieder Bus und Straßenbahn.

Aber der Ausflug ist ein Bestandteil des Jahres, der

dreihundertfünfundsechzigste Teil. Denn es ist ihm weder eine liebe Gewohnheit noch ein Gewissensdruck und nicht einmal ein Bedürfnis, hinauszufahren zu dem Grab. Der Besuch auf dem Kremser Friedhof ist nur ein Programmpunkt. Seit er nicht mehr unterrichtet, hat die Zeit eine andere Gliederung bekommen. Die Schülerhysterie vor Feiertagen war immer ansteckend gewesen. »Nur noch drei Tage«, hatte er innerlich mitgejubelt, aber pflichtbewußt Disziplin eingefordert. Die freien Tage waren dann eigentlich Tage, wie er sie auch jetzt verlebt, und doch hatten sie eine beglückende Ahnung vom eigentlichen Leben. Als hätte er dem aufgezwungenen Alltag etwas abgetrotzt, etwas für sich gerettet, was ihm die Schule zu nehmen schien. Seit er nicht mehr unterrichtet, nicht mehr vom erwartungsvollen Gefühl der Schüler mitgetragen wird, muß er besonders die Sonntage und Feiertage gut planen. Wenn von Gesetzes wegen Familientage verordnet sind, verschließen sich die Nachbarn und Bekannten. Und wenn man den Toten entfliehen möchte und den Erinnerungen, muß man ein Programm haben, sei es auch eines, das zu den Toten führt.

Die Freiheit muß gut vorbereitet werden, durchstrukturiert, durchgeplant. Mühelos verfügbar sind nur trübsinnige Gedanken, wenn man dem eigenen Atmen zuhört.

Seit Jakob in Pension ist, plagen ihn manchmal alt gewordene Beobachtungen, gärende Stimmungen, schimmelnde Gedanken. Als hätte ein Satz sich im Netz verfangen und würde im erbärmlichen Todeskampf darin zappeln, oder als würde ein Geruch, eine Erinnerung, Karussell mit ihm fahren. Von außen kommt keine Ablenkung mehr, alles muß er selbst erschaffen, planen, bewältigen und nebenbei auch noch interessiert und zielstrebig wirken. Kein Kollege ist da, dem er etwas zurufen könnte, um sich davon zu befreien. Zuweilen sind es unglaubliche Banalitäten, die ihn fesseln, Geräusche, Vorstellungen, Trugbilder langen Alleinseins, die sich festsetzen, seine Kräfte verbrauchen, so daß er im Sessel zusammensinkt.

Er muß zwar nicht mehr mit der rasend gewordenen Kommunikation mithalten, darum geht es gar nicht; aber in solchen Augenblicken faßt er auch seine eigene Geschwindigkeit nicht mehr. Seine Struktur, seine Prinzipien zerfallen in kleine Teile, liegen zusammenhanglos im Kopf herum, wie Schutt, und lassen Jakob mit dem oder jenem törichten Gedanken allein. Es ist traurig und bekümmernd. Jakob fällt der Schreibtisch vom jungen Knirsch ein, vom Sohn des Polizisten. Er mußte ihn einmal aufsuchen, den jungen Anwalt, aber er war noch zu unerfahren, um Jakob raten zu können. Knirsch saß an seinem Schreibtisch, der von allen Seiten verkabelt, vernetzt und verbunden war, und lauerte auf Nachrichten. Wie dieser Schreibtisch kommt Jakob sich vor, verschnürt und unter Strom. Die gleichmäßige Bewegung durch sein tägliches Leben ist gestockt, er kennt das ja schon, aber nie kann er sich erinnern, wie er da herauskommt, der Zeit wieder ihren Fluß gibt, die wunderbaren Wege findet.

Jakob sieht auf die Uhr, es ist noch Zeit, es ist immer noch Zeit, denn er betrachtet die Zeiger wie zwei seltsame Käuze, die in einem Gehäuse ihr dummes Spiel treiben, überträgt das Bild, den Winkel der Zeiger nicht in Zahlen und Kategorien, die einen Adrenalinstoß hervorrufen könnten, indem sie »nur noch drei Minuten« ins Bewußtsein riefen.

Die Landschaft zieht vorüber, das Abteil ist leer, der Schaffner läßt sich nicht blicken. Auf der Fahrt nach Krems ärgerte sich Jakob über die Geschwätzigkeit zweier Frauen, die seine Gedanken störte. Jetzt versucht er, sich an ihr Gespräch zu erinnern. Er ruft sich die Gesichter, die Stimmen ins Gedächtnis; und das funktioniert plötzlich wieder mühelos. Das Gespräch kann er zwar überhaupt nicht rekonstruieren, aber er steckt bereits in fernen Gedanken. Er geht verschiedene Themen durch, die zwei vierzigjährige Frauen interessieren könnten: Männer, Kinder, Krankheiten, Fernsehen, Mode, Kochen, Beruf? Kein Anhaltspunkt ... Aber jetzt ist Jakob wieder auf dem Weg, er schiebt die Schultern zurück. Aufrechte Haltung macht aufrechte Gedanken, und besser sieht es auch aus. Er wirft sein schütteres Haar mit einer Kopfbewegung aus der Stirn. Das ist der Auftakt zur Korrektur seines Gemütszustandes, die er im Lauf der Jahre so verinnerlicht hat, daß eine Bewegung automatisch der Anstoß für die nächste ist: Schultern zurück, Kopf nachstoßen, das Kinn hebt sich in die Höhe, nun zieht die Lunge langsam und besänftigend die Luft ein, bis sich der Brustkorb herausschiebt, und wieder raus mit der Luft, schön durch die Nase einatmen und durch den sich leicht öffnenden Mund ausatmen, der Satz »Ich bin erfüllt von positiven Gedanken« huscht durch den Kopf, die Augen weiten sich, werden von der inneren Betrachtung nach außen gekehrt, erhalten Glanz und wirken zielgerichtet. Jetzt folgt noch ein heftiger Luftstoß aus dem offenen Mund, der ein leichtes Lächeln andeutet. Ja, die Zufriedenheit ist eine Basis, und Jakob hat ein Recht auf Zufriedenheit.

Er ist seiner Enge entstiegen, bedenkt etwas überheblich die anderen, alle anderen Menschen, die viel zu oft keine Möglichkeit finden, über sich hinauszuwachsen, keine kleinen Lebenshilfen erlernt haben, weil sie mit Wirkung und Ursache beschäftigt sind. Es ist etwas in uns, denkt er, das kommt und geht, das leicht anschwingt, nichtig, »Eis ist nur Wasser in anderer Form« zum Beispiel, und dann stehen Demut oder Güte plötzlich nicht mehr wie zwei aufgeblasene Puppen im Raum. Vielleicht ist das der Augenblick, in dem sich eine Bedeutung ein Wort sucht. Und vielleicht kann Jakob auch deshalb jetzt lächeln. Das kehlige, laute Lachen, tief und herzlich, hat er verloren, wie die Gelegenheiten, oder umgekehrt. Als Kind hatte er sich oft Ermahnungen wegen seines Lachens eingehandelt: »Jakob! Nun ist es genug!«

»Laß ihn doch lachen, wenn ihm danach ist.« Da war Vater tolerant.

»Er lacht nicht, er wiehert!« beendete die Mutter seine Ausgelassenheit. An Freitagen verbat sie das Lachen überhaupt: »Wer am Freitag lacht, der wird am Sonntag weinen.«

Und als ihm Klara Schmollgruber, sie waren beide acht Jahre alt und übten am Klavier vierhändig ein Stück für das Jahresabschlußkonzert der Musikschule ein, sagte, daß sie sein Lachen dämlich findet, weil es nicht echt sei, und das wüßte sie deshalb, weil sie das absolute Gehör habe und alle falschen Töne höre, fielen Jakob endgültig die Mundwinkel hinunter.

Er durfte nach diesem Schuljahr auch mit dem Klavierspielen aufhören, obwohl die Mutter einen Komponisten in der Familie gern gesehen hätte. Und obwohl die teuren Nachhilfestunden im Singen, die er wegen des Verbleibs in der Musikschule bei einer alten Opernsängerin nehmen mußte, sich als Fehlinvestition erwiesen.

Die Mutter begrub ihre musikalische Phantasie Jakob betreffend, nachdem sie einmal gemeinsam in einem Konzert gewesen waren. Die Mutter liebte die Russen, die russischen Komponisten, ausnahmslos alle, wegen »ihrer romantischen Wildheit«. Mutters eindringliches Schwärmen vor dem Konzert: »Du wirst es hören! Du wirst es spüren!« über die Teilnahme an einer »vom Unwetter heimgesuchten Schiffahrt« ängstigten Jakob. Er ließ sich dennoch widerspruchslos seinen Sonntagsanzug anziehen, beäugte skeptisch von der Seite die ungewohnt rotgeschminkten Lippen der Mutter, die im großen, gedrängt vollen Konzertsaal lüstern aufeinander schnalzten. Je weiter sich Mutter von Jakob entfernte, desto mehr aktivierte er die Kontrolle. Aus seiner schutzlosen Lage heraus beobachtete er alles, hörte auf alles, das es außerhalb der Musik zu hören gab. Der Mann auf dem Podium spielte Rachmaninow, Jakob hörte auf Geräusche. Die Melodie wurde ihm zur selbstverständlichen Luft, die er einatmete, ohne sie wahrzunehmen. Jakob konzentrierte seine ganze Aufmerksamkeit auf das Treiben im Saal, das Scharren der Füße, das Hüsteln, das Kramen in Taschen, das zügellose Atmen der Mutter. Alles bekam die Schärfe gesprochener Worte, ein Gemurmel lag über der Musik. Jakob ortete und ordnete zum ersten Mal seine Eindrücke zu einem festen Sicherheitsnetz, er hörte zu und zog seine Schlüsse wie dicke Seile zu Knoten zusammen. Allegro agitato stand im Programmheft, und dieses beunruhigte die Menschen, die Betriebsamkeit im Raum wurde stärker, die Leute beugten sich vor, und die, die vorgebeugt saßen, lehnten sich zurück, dann wechselten sie wieder ihre Positionen, jeder suchte seinen Platz zu finden im Allegro agitato. Der Mann links neben Jakob schnürte sogar seinen Schuh. Im Maestoso wäre dem Mann das Schuhband sicher nicht störend vorgekommen. Jakob hörte auch die Frau, die in der Reihe vor ihm saß und nach Karfiol roch, schlucken, ein gelb entzündeter Pickel auf ihrem Nacken fixierte ihn dabei wie ein Glasauge. Je heftiger die Betriebsamkeit im Raum war, desto heftiger entlud sich danach der Applaus. Jakob klatschte kräftig mit, weil durch das schnelle Aufeinanderschlagen der Hände seine Handflächen herrlich vibrierten und weil es die Mutter entspannte, sie nickte ihm sonderbar aufmunternd zu.

Nach dem Konzert, obwohl es schon sehr spät war, gingen sie in ein Gasthaus. Die Mutter war erhitzt und irgendwie erwartungsvoll, aber alles, was Jakob erzählte, quittierte sie mit einem mißbilligenden »Mein Gott!«. Also aßen sie schließlich schweigend die Frankfurter mit Senf und Kren. Auf der Zugfahrt nach Hause starrte sie auch nur schweigend aus dem Fenster, obwohl sie sicher nichts sehen konnte, weil es ganz dunkel war; einige Tage später verschwand das Klavier aus der Wohnung.

21

BEIM BETRETEN des Billardklubs reicht Jakob nach Sitte des Lokals jedem der herumstehenden Männer die Hand. Dieses Vorspiel, der flüchtige Körperkontakt mit jedem Anwesenden, das rituelle Abschreiten aller bespielten Tische ist der Eintritt in die Spielwelt, bei der das gewöhnliche Leben keine Rolle spielt.

Die Männer stehen, zumeist allein, mit dem Rücken zur Wand. Jakob reicht artig seine Hand: »Grüß' Sie«, »Guten Tag«, »Buenos dias«, »Grüße Sie«, heute nachmittag sind erst sechs Männer da, die das Karambolieren der Kugeln beobachten oder selbst spielen: »Na, geht's wieder, Herr Krumberger?« Schon steht Jakob wieder bei der Eingangstür, an der kleinen Theke. Er spürt den trockenen Staub der Kreide auf der Hand, die ihm weitergereicht wurde, »grüße Sie«; die Wölfe und die Kreide; was sich hier ereignet, ist an sich jenseits von Gut und Böse, es ist die vollkommene Ordnung, ist ein eigenes Ziel. Wie in einem Laboratorium, in dem stille Konzentration über jedem Versuch herrscht, beobachten die Männer die Kugeln, zählen die Banden vor oder zwischen dem Klack-Klack. Man spielt Dreiband, alles andere wäre töricht. Professoral schließt Jakob sich dem Tanz der Beobachter an, die wie ein Gesangschor kaum merkliche kleine Bewegungen vollführen. Ein wenig nach links, ein bißchen nach rechts, je nach dem, wie der Spieler gerade die Sicht verstellt.

Ein weiterer Mann kommt herein, auch er dreht seine

Runde um den Tisch. Er bleibt anschließend neben Jakob stehen, bestellt einen Verlängerten und zeigt gleichzeitig dem Wirt ein Polaroidfoto: »Heute stehe ich in der Pelzgasse. Die Reifen sind abgeschnitten.« Er deutet mit dem Zeigefinger im Bild herum: »Dafür kann man das Straßenschild und die Hausnummer gut lesen.« Jetzt tippt er mit dem Finger auf das Straßenschild, so daß der Wirt es nicht sehen kann: »Leider gelingt das ja nicht immer.« Nun ist Jakob dran. Der Mann hält ihm die Fotografie vor das Gesicht. Jakob wirft mißmutig einen Blick darauf und drückt beiläufig die Hand des Mannes hinunter, weil sie ihm mit dem Bild die Sicht auf den Tisch verdeckt. Unzählige solcher Fotos hat Jakob schon gesehen. Auf jedem sieht man einen weißen VW Golf. Manchmal steht mit einem Kugelschreiber eine Adresse und eine Uhrzeit auf dem weißen, unbelichteten Rand der Fotografie geschrieben, wo und wann der Mann seinen Wagen abgestellt hat, aber immer ist nur der Golf zu sehen, eingezwängt zwischen anderen Autos auf irgendeiner Straße. Besonders gelungene Bilder sind angeblich die, auf denen die Armatur des Golfs zu sehen ist und das Straßenschild.

»Wie spät ist es?« fragt der Mann. Da aber niemand antwortet, sieht er auf seine eigene Uhr und notiert die Uhrzeit minus Gehweg von der Pelzgasse zum Billardklub auf dem Foto. Sein Wagen ist sicher das am häufigsten fotografierte Fahrzeug. Bis zu zehn Bilder am Tag macht er davon. Als Versicherungsvertreter besucht er die Kunden, fährt viel herum und fotografiert hartnäckig jedesmal, nachdem er den Zündschlüssel abgezogen hat, seinen Wagen.

Jeder hier respektiert seinen Tick, läßt sich die Fotos

unter die Nase halten und schiebt sie gleich wieder von sich; aber bekehren, es ihm gleich zu tun, ließ sich keiner, obwohl so ein Foto: »Weißt', wenn dir so ein Trottel hineinfährt, da hast du sonst nichts in der Hand! Ich kenn' mich da aus.« Jakob zweifelt an der Beweiskraft irgendwelcher Bilder, vor allem bei Fahrerflucht, aber er hat ja gar kein Auto.

Jakob holt sich einen Queue vom Ständer, er will nicht spielen, aber er drückt gerne den Schutzgummi vom Ende des Stockes gegen seinen Schuh. Allein ein Spiel zu beobachten schmückt das Leben. Die Ernsthaftigkeit gepaart mit Leichtigkeit ist ein Vergnügen höchster Klasse. Nicht aber das Glücksspiel! Einmal war Jakob im Kasino. Vorher hatte er keine Vorstellung von der Gier, die in ihm steckt. Eigentlich wollte er Margit bloß zeigen, daß er ein Mann ist, der sich die Zeit zu vertreiben weiß. Die Spielwelt, die außerhalb der Tagwelt und der Nachtwelt unübertroffen, ja unfehlbar existiert, war für ihn immer beispielhaft für die Belange des Tages. Die Abgeschlossenheit und Begrenztheit, Regel, Gesetze, Ziele kombiniert mit Vergnügen und Freude: Schach, Billard, Mensch ärgere dich nicht, Halma und so. Aber das Glücksspiel vermischt diese Welten, weil es um Geld geht, weil Geld ein Wert ist, den man nicht in eine Geldbörse sperren kann, weil Geld alle Kategorien sprengt. Das Glück der Unbedarften stellte sich ein. Jakob spazierte herum, legte Jetons ab wie im Film, warf, bei größeren Gewinnen, mit wachsender Selbstverständlichkeit den Croupiers Plastikplättchen zu, die von anfänglich runden zu eckigen Formen wechselten. Bald hatte er an die Vierzigtausend gewonnen, als er plötzlich steif vor Erregung einen Hexenschuß bekam. Margit mußte ihn mit einem Taxi in ein Krankenhaus fahren, weil er sich aus der Waagrechten nicht mehr aufrichten konnte.

Wieder kommt ein Mann herein: »Seid ihr alle arbeitslos, daß ihr um die Zeit Billard spielt?«

»Ich spiele nicht, ich bin nur da«, antwortet ein Oberschlauer, und der Mann beginnt mit seiner Runde Händeschütteln um den Tisch. Es wird erst ein Tisch bespielt, die Männer sind noch nicht in Stimmung. Nur drei Spieler jagen abwechselnd die Kugeln zur Karambolage, man hört im Idealfall ein Klack, dann die dumpfen Stöße der Kugel gegen die Bande und noch ein Klack; und wohltuend wenige Worte.

»Nein, die gefällt mir nicht.«

Dann wird wieder lange geschwiegen, nur die Kugeln bewegen sich in der Stoßrichtung, klack. Einer schabt mit der Kreide die Queuespitze, einer zündet sich eine Zigarette an, ein leises Klicken vom Feuerzeug.

»So schaut es aus, ihr Waldviertler«, erhebt sich einer nach einer gelungenen Karambolage über die Landbevölkerung, aber wahrscheinlich ist er der einzige Waldviertler hier, denn Jakob ist, wenn schon, ein Weinviertler, und beim Pablo weiß man es nicht so genau, weil sich keiner mit ihm richtig verständigen kann. Er antwortet nur: »I speak French, Spanish and English. But German …«, läßt dann das German in der Luft stehen wie einen weiten Horizont. Als Jakob vor Jahren mit ihm Englisch zu sprechen versuchte, wollte oder konnte Pablo das auch nicht verstehen. Er sagte und wiederholt es bei Bedarf immer wieder: »I have to stay here for the rest of my life, my children live here, they met here, they married here, they divorced here. Tutto completo.«

Mehr sagt Pablo nicht, nur noch: »Danke schön« ab und zu, und dabei zieht er mit der Zunge irgendeinen Akzent nach. Ob er überhaupt Pablo heißt oder nur hier im Lokal so genannt wird, weiß auch niemand mehr.

22

Das Geräusch kommt vom Gang her. Sicher hat der Nachbar Frübauer beim Blumengießen wieder einen Topf umgeworfen und kehrt dann die Erde nicht ordentlich zusammen. Seit mehreren Jahren schon belegt er das Fenster zum Lichthof mit jämmerlichen Pflanzen, damit er sich am Gang aufhalten kann.

»Räumen Sie endlich Ihre Krankenstation da weg!« hatte Jakob ihn einmal zur Ordnung gerufen. Genützt hat es allerdings nichts. Dummes Gerede über Lebewesen mußte er sich anhören, als hätte er Katzen und Hunde ertränkt!

Daß jetzt die Wesely vom dritten Stock ihre Taschen abstellt, um mit dem Nachbarn gemeinsam an dem Gestrüpp zu zupfen, ist nicht weiter verwunderlich. Wenn er die triefende Empörung ist, dann ist sie die schonungslose Problemlosigkeit! Frübauer wischt sich die Stirn ab, er schwitzt bereits wieder, erschöpft von Aufregungen.

Jakob verläßt den Türspion, er geht zurück in die Wohnung; was kann man schon groß mit der Wesely besprechen?! Gudrun Wesely: »Ich bin im ersten Bezirk geboren, in der Nibelungengasse«, bringt alles auf den Punkt, ohne wenn und aber. Sie hat das ausgeprägte Wesen eines Pflastersteins, wie Kusine Emma. Für sie ist alles einfach, hat einen Namen und seinen Platz. Sogar die Verwunderung bildet bei ihr eine feste Kategorie, die sie nicht überraschen kann. Jakob versetzen ihre Monologe in höfliche Sprachlosigkeit, »ich suche nicht, ich warte«, denkt er dann immer, wie ein altes Tier, das sich mit den liegengebliebenen Resten begnügen muß. Es ist kein taktisches Schweigen, in das er sich flüchtet, nur Hilflosigkeit: »Was kann ich dem entgegensetzen?!« Den kleinsten Zweifel, eine weiterführende Frage quittiert sie nur mit Kopfschütteln: »So ist das eben, mein Lieber«, sagt sie unbeirrt; denn mit der Unerklärbarkeit der Schwerkraft plagen sich nur die Dummen. »Und wenn man erfährt, wie etwas funktioniert. Was dann, mein Lieber?«

Der angehäufte Bildungsschatz wird nicht geborgen, nicht gebraucht, alles Wissen wird durch eine banalisierte Lebenserfahrung, Lebensdramatik ersetzt. Jakob hört zu, seine Assoziationsmechanik ist außer Kraft gesetzt, also hört er ausgeliefert zu. So reden nur Frauen, die muß man nichts fragen. Sie ereifern sich über alles, haben Erklärungen parat, ereifern sich sofort über andere Dinge, liefern Antworten. Sie erzählen Geschichten, die keine sind, die auch nicht aufregend sind, die keinen Höhepunkt haben. Sie werden nur so erzählt, als hätten sie einen Sinn. Kusine Emma flüstert, zwingt dadurch ihr Publikum zur Aufmerksamkeit, und wenn Jakob darüber nachdenkt, was sie ihm erzählt hat, dann muß er erkennen, daß ihm gar nichts mitgeteilt wurde, keine Geschichte, nichts Neues, nicht einmal eine Begebenheit. Übrig bleiben nur die Selbstverständlichkeit des Vortrages und ein befremdendes Gefühl, daß Kusine Emma, oder die Frau Wesely, ein sinnvolles Leben in wunderbarer Klarheit lebten.

Jakob beugt sich über die Kloschüssel. Sein Stuhl riecht heute stark, er kann aber nichts Besonderes erkennen. Beim Herunterlassen zieht sich der Kot etwas schmieriger als sonst über das Porzellan. Er mag ja die alten Kloschüsseln, die noch wirkliche Schüsseln sind und nicht nur ein Wasserloch, in dem alles ungesehen verschwindet. Und auf die Ernährung soll man achten, und auf die Verdauung: Bindehaut, Zungenbelag, Gesichtsfarbe, Blähungen, Beschaffenheit des Stuhles.

Nach dem Aufstehen trinkt Jakob ein Glas Wasser, um das Blut zu verdünnen, macht das Bett, macht kurze Wege durch die Wohnung und kann bald aufs Klo gehen. Er muß. Er muß entleert den Tag beginnen. Wenn er nicht vollkommen entleert ist, wenn ein Druckgefühl im Unterbauch übrigbleibt oder gar im After, ist er den ganzen Tag oder zumindest den Vormittag lang brummig. Jakob setzt sich wieder hin.

Der Drang zu formen, zeichnen, gestalten, ist genauso groß und allgemein verbreitet wie der Drang zu sprechen. Die Kinder leben das spontan. Aber die Sprache degeneriert zu stereotypen Feststellungen oder Superlativen, weil man dem Gewicht der Worte nicht mehr traut, weil man aufgehört hat, Fragen zu stellen, die den Worten Gewicht gäben.

Aber welche Fragen sollte man einer Wesely stellen? Über den Sinn des Lebens? Ihren Sinn? »Gnädige Frau«, alle sagen gnädige Frau zu ihr. Soll er sie fragen: »Gnädige Frau, für welche Idee würden Sie Ihr Leben geben?« oder: »Wann, gnädige Frau, bei welcher Tätigkeit spüren Sie ›das bin ich‹?« Oder wieso es Menschen gibt, die eine Unruhe in sich tragen, die sie Tag für Tag zu beschwichtigen suchen?!

Natürlich, was nützt es schon, eine Tür zu öffnen, um dann weitere verschlossene Türen zu entdecken. Aber ist die Neugier nicht zumindest die kleine Schwester vom Sinn des Lebens? Das tröstende, unspektakuläre Familienmitglied im Kreis der abstrakten Begriffe. Den großen Bruder muß man sich selbst erschaffen, wie Paranoia; denn gäbe es einen Sinn, er hätte sich längst gezeigt, irgendein geschwätziger Alter hätte ihn längst offenbart, und Jakob hätte davon erfahren.

Nur, was ist das für ein Sinn, mit dem man sich nach Belieben anfüllen und sich jederzeit wieder entleeren kann! Der eine hat viel Gutes getan, der andere nicht, bevor er gestorben ist. »Ja und?«

»Das kann doch nicht alles gewesen sein!« meldet sich die erschlaffte Triebfeder, weil sie keinen offenen Wunsch mehr findet, keine Sehnsucht erkennt, die über ein Paar Schuhe oder Kleider hinausgeht, und dann war es das wohl, dann ist das wohl alles. Die Ausflucht, die Ablenkung schon das ganze Leben. Jakob hält sein Gesicht in beiden Händen, er drückt die Ellbogen in den Bauch. Zufriedenheit, und nicht aus dem Gleichgewicht geraten. Das ist der Satz, der auf irgendeinen Satz folgt. Er leistet lediglich den guten Dienst der Zeitenfolge: »Wie die Zeit vergeht!« Man hat sich verplaudert, verdacht. Und dann geht man halt Schuhe probieren, einen halben Nachmittag lang, und erzählt den Angehörigen und den Nachbarn, daß man den halben Nachmittag lang Schuhe probieren war. Hätte Jakob eine Familie, dann könnte er den Kindern Schuhe kaufen, sich darum kümmern, daß sie eine anständige Ausbildung bekommen, nicht in den Swimmingpool fallen. Aber so, immer nur auf sich selbst zurückgeworfen sein! Alles Erkennen wird zur Niederlage. Niederlage vor dem Selbsterhaltungstrieb und der Anmut des Lebens. »Der Preis der Freiheit ist das Böse«, hat er irgendwo gelesen.

Aber ist das nicht auch nur einer der Sätze, die beim Denken zerfallen? Für jeden Satz gibt es den Ort, an dem er zu bloßen Worten zerfällt.

Jakob betätigt die Spülung, obwohl sich nichts mehr ereignet hat. Das ist Gewohnheit, manchmal auch lähmend, wie die Geduld. Wenn er wenigstens wütend werden könnte, so ganz und gar; nicht nur in artige Nörgeleien verstrickt, weil etwas wieder zu laut oder zu voll oder so ist. Wütend aus Anlaß, wütend als Antrieb, als Aufgabe. Jakob wischt seine Gedanken weg, er wäscht sich die Hände. Auf dem Waschbecken liegt noch das Fundstück von gestern, ein kleiner Silberohrring zum Aufklemmen, oder ein Nasenring. Er schiebt sich den Ring in den Mundwinkel, macht einige Grimassen vor dem Spiegel. Spätestens wenn man sich nichts mehr zu sagen hat, beklagt man, daß die Zeit viel zu schnell vergeht! Wieso eigentlich zu schnell? Wozu, vor allem, langsamer? Frübauer ereifert sich weiterhin hinter dem Guckloch. Was es da wohl so lange zu bereden gibt, ärgert sich Jakob. Er ärgert sich über die Störung und auch, daß er nur wenige zusammenhanglose Worte versteht.

Das geglückte Leben ist nur eine verführerische Vorlage, ein Film, eine vage Phantasie, die letztlich auch nur aus Langeweile entstanden ist. Die Tage bewegen sich wiederkehrend, und die Gedanken bleiben auch ein Leben lang dieselben.

Dabei ist Jakob heute wohlgelaunt aufgewacht. Eine ehemalige Schülerin wird ihn im Café anrufen. Kathi Kreuzleitner, jetzt heißt sie anders, Kathi irgendwas.

Es ist eine schöne Geste, wenn sich Schüler nach Jahren wieder melden, eigentlich sind es nur Schülerinnen.

Junge Frauen, die er kaum wiedererkennt. Sie kommen, um sich zu zeigen, um zu zeigen, was aus ihnen geworden ist, einige, eigentlich nur wenige. Aber immerhin. Und Frauen sind sie alle geworden, aber anziehender waren sie früher. Jakob mag lieber die aufkeimende Weiblichkeit ohne den Aspekt der Mütterlichkeit. Das ist eine Vorliebe, die er beobachtet hat. Tatsachen kann man nicht beeinflussen. Und Blonde wirken irgendwie noch hilfloser. Wie Tschesika. Sie war nie seine Schülerin, sie ist in die Hauptschule gegangen. Tschesika wohnt immer noch in der Tigergasse, in der Wohnung der Eltern, mit ihrer jüngeren Schwester zusammen. Sie schiebt jetzt stolz und unausgeschlafen einen Kinderwagen vor sich her. Aber Jakob weiß nichts mehr mit ihr zu reden, er lächelt ihr nur noch befremdet zu, wenn er die Mutter und das Kind sieht. Tschesikas wallende Haare sind nach der Schwangerschaft glatt geworden, auch sie bereiten ihm keinen Anlaß mehr, sie zur Ordnung zu streichen.

Jakob nimmt seine Sternchenkrawatte aus dem Schrank. Kathi war ein Jahr auf der Columbia University: »New York is a hard soil« hat sie geprahlt, und Jakob will seine Weltläufigkeit beweisen.

Vormittag, in seinem Frühstückscafé, haben sie ausgemacht. Daß er kein Telefon besitzt, hat er elegant an sich gehalten: »Ich bin immer unterwegs, du kannst mich dort erreichen oder eine Nachricht hinterlassen«, hatte er gesagt.

23

Jakob bestellt einen weiteren Kaffee und ein Butterbrot. Die junge Aushilfskraft zappelt im Rückwärtsgang vom Tisch weg und wirft dabei seinen Mantel vom Kleiderständer.

»Ach, das wollt' ich nicht«, stammelt sie errötend, »der ist auch zu schwer für diese Schlaufe.« Sie zeigt ihm ratlos die abgerissene Schlinge am Mantel. »Warten Sie, ich bringe Ihnen einen Bügel.« Sie hängt den Mantel sorgfältig auf, richtet die wattierten Schultern auf dem Holzbügel: »Der ist so schön«, sagt sie; sie streicht und wischt und streicht abermals über den Stoff. Jakob durchströmt eine muntere Wärme, er sagt nicht, daß ihm die Schlinge tatsächlich schon beim ersten Aufhängen abgerissen ist, und das war vor Jahren, er genießt das Streicheln seines Kleidungsstücks, die zärtlichste Zuwendung seit Wochen. Er kann sie jetzt gut gebrauchen. Jahrelang frühstückt er hier zwar allein, aber wenn jemand anrufen soll und immer noch nicht angerufen hat, fühlt man sich irgendwie beobachtet und versetzt. Daß die Geduld eine schöne Tugend sei, ist für Jakob nur ein moralischer Hohlraum, so wie alles Positive, das es über die Vorfreude zu sagen gibt. Er fühlt sich ganz einfach ausgeliefert. Beim Warten vergeht ihm die Zeit zu vordergründig, sie materialisiert sich, muß gekaut werden, geraucht und gelesen. Sie geht schleppend vorbei, wie ein dicker, arthritischer Mann, den man ewig lang beobachten muß, bis er aus dem Blickfeld hinaushinkt, und dann kommt sofort schon der nächste, womöglich noch dickere Mann, der sich keuchend durch das Blickfeld müht.

Dummerweise sagte er zu Kathi, sie solle am Vormittag anrufen, er hat den Zeitraum nicht in Zahlen gefaßt, er wollte nicht kleinlich sein. Jakob bestellt zusätzlich Butter zum Butterbrot, er beschäftigt das Personal, um sich zu beschäftigen. Hunger hat er keinen mehr, er hatte unterwegs bereits eine Apfelschnitte gegessen.

»In der Bäckerei ist ein neuer Verkäufer, den müssen Sie sich unbedingt anschauen!« hat die Schirmhuber empfohlen. Jakob ist neugierig. Er geht in die Bäckerei, er will wissen, worüber die Menschen reden.

»Eine Apfelschnitte«, verlangt Jakob.

»Zwölfneunzig.«

»Was? Ist die verbilligt? Dann will ich keine. Wenn sie verbilligt ist, schmeckt sie anders. Nicht so gut.«

»Na geh. Das kann ich mir nicht vorstellen. Nicht bei einer Apfelschnitte.« Sagt der etwas ältere Verkäufer und wirft keck seinen Haarschopf zur Seite. »Das kann ich mir nicht vorstellen«, sagt er noch einmal nachdrücklich.

Jakob schaut den alten Schwulen mitleidig an, verlagert aber gleich differenzierend sein Mitleid auf die Schirmhuber: Wenn das schon eine Attraktion ist! »Na gut«, sagt er, er will den Mann nicht spüren lassen, daß er nur seinetwegen da ist: »Ich probiere den verbilligten Kuchen zum letztenmal.«

»Wenn er Ihnen nicht schmeckt, bringen Sie mir den Rest. Ich esse ihn bestimmt auf.«

Jakob lächelt über das Angebot, angebissenes Gebäck, das ihm nicht schmeckt, nicht wegwerfen zu müssen. Er verabscheut es, er leidet nahezu darunter, Lebensmittel wegwerfen zu müssen. Sie heißen doch Lebensmittel. Kein Mensch wirft leichtfertig eine Stunde, ein Kompliment, eine Berührung oder andere Lebensmittel weg. Eine angebissene Wurstsemmel schon.

Der Verkäufer lächelte nicht, er hat es ernst gemeint; nicht höflich, ernst. Das war für Jakob sofort die Art Vereinbarung, auf die er sich gern einläßt.

Kathi ist verheiratet, »mit einem richtigen Mann«, hat sie betont, oder hatte Jakob sich verhört? Seltsam. Die Wesely formuliert es auch so: »ein richtiger Mann!« »Mein Mann ist noch im Krieg gefallen, wie ein richtiger Mann, in den Stiefeln!« sagt sie: »ein fescher Mann«, fügt sie hinzu. Ein Jahr lang war sie verheiratet, zwei Fronturlaube. Geblieben sind ihr zwei Fotografien, keine Kinder, kein Bedürfnis nach einem anderen Mann. Vielleicht sind richtige Männer die Männer, die eine Bresche ins Leben anderer schlagen. Jakob wundert sich über solche Aussprüche nicht mehr.

Ein junger Bursche sitzt an einem der Tische, mit den Stöpseln seines Walkman abgeschirmt, am Nebentisch sind zwei Männer mit Dreitagebart in ein Gespräch vertieft, ein Mann allein sitzt über seine Zeitung gebeugt, noch einer, wahrscheinlich ein Ehemann und Vater, sitzt weiter entfernt bei seiner Familie. Richtige Männer? Oder Lustobjekte? Wie neulich eine Illustrierte »den neuen Mann« titulierte und enthüllte? Und Jakob selbst, ist er auch ein rätselhaftes Wesen? Jetzt muß er lächeln, er putzt aus Verlegenheit seine Brille. Wenn er sich auf Kategorien einlassen müßte, dann nur auf jene, jenseits des Geschlechtertadelns, wo die Männer immer alles für sich nützen wollen und die Frauen ewig befürchten, benützt zu werden. Jakobs Gruppe sind die Beobachter, die Erstaunten. Es zieht ihn förmlich zu jeder kleinsten Abweichung, die er ausmachen kann, sie zieht ihn in den Bann, in den Bann des Staunenkönnens verbunden mit einer angenehmen Rührung am Verbotenen, weil er dann teilnimmt an etwas ganz Persönlichem. Ein Kaffeehaus eignet sich hervorragend für diese Passion. Ein öffentlicher Raum, der die Gäste, weil zumeist in Lektüre vertieft, in ihre eigentümlichen Verhaltensweisen zu versinken einlädt. Ganz nach dem Motto: Ich schließe die Augen, und du siehst mich nicht. Da sieht Jakob dann schon manchmal einen, der in der Nase bohrt, nicht verstohlen, sondern versunken, sich die Augenbrauen zu wirren Büscheln zusammendreht, einen, der versucht, in kurzen Abständen immer wieder dasselbe Barthaar auszureißen, oder eine, die mit beiden Händen am Rücken einen Pickel ausdrückt. Gesichter ohne Masken, weil Problemen ergeben, an Gedanken verloren in wachsamer Konzentration, in diesen Angewohnheiten sich gegen die anderen Tische abgrenzend. Sie schnauben über den kleinen Platz hinweg, den sie in Beschlag genommen haben, über der Tasse Kaffee, und die Hände fummeln unentwegt am Gesicht herum. Jakob sieht häßlich vorgeschobene Lippen oder eine Zahnreihe, die die Oberlippe verdeckt, manchmal auch Finger, die Lippen nach innen rollen und so das Zahnfleisch entblößen. Wippende Oberkörper, wippende Gliedmaßen, wie beim Einstieg in einen Trancezustand. Er hört seltsame Geräusche, die an allerlei andere Geräusche erinnern, die sonst in einem öffentlichen Raum verpönt sind.

Aus dem Dreieck der Köpfe der Kleinfamilie sticht jetzt der Kopf der Mutter heraus. Es ist nur eine kleine

Störung, die aus dem gleichmäßigen Treiben herauszuckt, und schon klebt Jakob fasziniert an ihrem Tun. Die Frau bewegt ihren Kopf wie eine Henne, zuck zuck pickpick, rechts Mitte linkslinks, zuck zuck pickpick. Ihre Bewegungen gleiten nicht, gehen nicht ineinander über, keine Drehung, keine Rundung, die Frau hackt Sektoren aus dem Raum, kann nicht über die Köpfe der anderen schweifen, sie überspringt sie, oder sie hackt mitten hinein. Sie scheint dem Leben der Großstadt das Gleiten geopfert zu haben. Der Puls, der die Stadt vorantreibt, ist ein gefräßiger Schlund, und er nimmt alles, was er kriegen kann. Eine Winzigkeit, unbemerkt der Kontrolle entschwunden, die gegen die Laufrichtung schlägt. Ein Zucken, Worte, die entweichen, einen vertraulichen Gesichtsausdruck. Und dann tickt irgend etwas gegen den Tag, wippt und klopft gegen die Maschine, die sie mitbewegt, gegen die Betriebsamkeit, die sie aufrechterhält.

Jakob beobachtet intensiv, er schaut, er starrt. Die kleinste Anomalie nimmt sein Innerstes in Beschlag, und schon will etwas aus ihm herauszucken, etwas Befreiendes, das er aber unterdrücken muß, denn er ist kein Spötter, er ist nur ein Nachahmer wider Willen.

Letztens saß eine Frau in seiner unmittelbaren Nähe, eine noch sehr junge Frau, die alle Augenblicke den Kopf im Nacken drehte. Manchmal war es nur eine Andeutung einer Drehung, dann wieder eine Doppeldrehung, dann nur ein heftiges Zurückwerfen des Kopfes. Das Erstaunliche war, daß die Frau dabei in einem Buch las. Sie drehte den Kopf herum und fand anscheinend selbstverständlich den Anschluß beim Lesen, denn sie hielt den Finger nicht auf der Zeile. Jakob sah ihr zu und wurde immer steifer im Genick. Er wollte mit dem Kopf zur Entspannung kreisen, aber er traute sich nicht. Und je mehr die Frau drehte, desto mehr spürte er seine Nackenmuskulatur anschwellen, beinahe schmerzend, weil er nicht anders konnte, als sie anzusehen, oder er sah auf seine Uhr, auf den Sekundenzeiger, und zählte aus dem Augenwinkel die Kopfdrehungen der Frau beobachtend, acht- bis zehnmal in der Minute. Sie las seelenruhig weiter, weil Jakob ihr den Unruhepart abgenommen hatte. Ihm war, als hätte jemand Juckpulver in den Raum gestreut, und alle müßten sich kratzen, auch die, die nichts abbekommen haben. Es ist erstaunlich, was alles ansteckend sein kann. Steif und erledigt verließ er das Lokal, nicht einmal ausgetrunken hat er. Sein Genick war hart wie ein Holzscheit, weil er alles Gesehene und Anvertraute mit sich herumschleppt, er läßt nichts durch sich durchgehen, er bewahrt und lagert alles in sich wie ein Silo.

Zur Kleinfamilie der Hennenfrau gehört noch eine vielleicht vierzehnjährige Tochter. Die Tochter hat ein Cola mit Almdudler »auf einen halben Liter aufgespritzt« bestellt. »Kind, wie kannst du so etwas trinken?!« ereifert sich die Mutter, pickpick zuck zuck. Der Vater wendet sich nur lässig mit einem »Pfui« ab. Man fühlt es förmlich, wenn Menschen eng miteinander verbunden sind, wie sie ohne nachzudenken aufeinander herumhacken, mit Blicken und Stimmen zustechen. Sie halten zusammen wie ein einziger blutender Fleischklumpen. »Möchte vielleicht jemand hineinspeiben, bevor ich trinke?« schmettert das Mädchen laut ins Lokal. Das gefällt Jakob, wenn Kinder sich wehren. Geschmack ist Geschmacksache.

Er hat immer nur stumm gelitten, während die anderen ihren Geschmack über den seinen stellten oder wenn er für einen Scherz mißbraucht wurde. Für Onkel Franz, zum Beispiel, der überhaupt kein Onkel war, war Jakob jederzeit ein willkommener Anlaß für Belustigung, denn für ihn war der Schmäh das Wichtigste. Jakob wußte schon im voraus, was dieser sagen wird, aber er duckte sich nur, als ginge es darum, einem tatsächlichen Schlag auszuweichen.

Mit einem angefeuchteten Finger sammelt Jakob Reste von seinem Teller auf, schleckt den Finger ab, legt die Brille neben den Teller. »Das ist eine Szene aus dem, aus dem, na ja, aus einem Film«, er weiß es nicht mehr. Diese Geste hatte ihn bewegt, ging ihm zu Herzen sozusagen. Er weiß zwar nicht, wieso, aber es war eine schöne Szene. So beiläufig aufmerksam, in Gedanken versunken, sammelte der Kommissar die Krümel vom Teller auf, legte dann die Brille neben den Teller.

Der Kontakt zu seiner Familie, mit den richtigen und falschen Onkels, hörte mit dem Tod des Vaters auf. Er hat die Familie zusammengehalten. Das letzte Mal war es stellvertretend für den Vater der Leichenlader, und dabei ist es geblieben.

Früher ist Jakob jedes Wochenende nach Hause gefahren, nach Krems, auch als er schon längst unterrichtete. An Samstagen aßen sie alle gemeinsam bei Kusine Emma, sie war damals kurz nach ihrer Scheidung, und da ist die Familie näher zusammengerückt, als Stütze. Das kann man sagen, damals hatten sie engeren Kontakt. Nur der ungeduldige Umgang miteinander, ein Zustand nackter Tatsachen, stand im Gegensatz dazu. Letztlich, im nachhinein besehen, war es ein Tümpel aus Zuversicht, Ekel und Schwachsinn. Sie flochten ihre Zusammenkünfte an die Mißverständnisse des vorangegangenen Wochenendes, und so ging der Gesprächsstoff nie aus. Aber es war weder nervenaufreibend noch angenehm, das Austeilen und Einstecken wurde auch nur zur Gewohnheit, denn Sticheleien im Kreis der Lieben durfte man nicht so eng sehen. Bereits im Elternhaus schien ihm das Beißende und Gallige als das einzig Lebendige zwischen Vater und Mutter.

Jakob brachte Erika, Emmas Tochter, Plastilin, Kaugummi oder Buntstifte mit, aus der Stadt. Sie waren eine Familie. Jakob spielte und sprach viel mit der Kleinen, die nun keinen Vater mehr hatte, irgendwie graute ihm davor, daß sie nur flüsternd erzogen würde. Flüsternd und schluchzend. Emma schluchzte damals viel, obwohl es ihnen eigentlich gutging. Nach der Scheidung zog sie wieder zu ihrer Mutter, in das Haus in der Herzogstraße, ins ehemalige Haus von Dr. Feinstein. Jakob hat den Mann mit dem vertrauensvollen Namen, der ihn zur Welt gebracht hatte, ohne Komplikationen, aber immerhin, nicht mehr kennengelernt; dennoch war es für ihn immer nur das Haus von Dr. Feinstein, obwohl seine Verwandten bereits im letzten Kriegsjahr dort einzogen. Weil der Herrmann, der Bruder von Jakobs Mutter, viel tüchtiger war... Der selige Herrmann hatte alles während eines einzigen Heimaturlaubs organisiert. Dann ist er wieder zurück an die Front und kam nicht wieder.

Das Haus hat einen schönen Garten, dort war es immer schön. Jakob saß gerne unter dem Birnbaum, der nie Früchte trug, aber einen guten Schatten gab. Vater führte wichtige Gespräche im Haus, es mußte vieles geregelt werden, Emma kochte, Erika tollte im Garten herum. Sie war damals vielleicht neun, hatte auf jeden Fall noch nicht einmal einen Brustansatz, war glatt wie ein Brett oder wie eine Waschrumpel, weil Jakob die Rippen fühlen konnte. Als Belohnung mußte er ihr dann Modell sitzen, und Erika zeichnete ihn langsam und bedächtig auf die linke Ecke des Papiers. »Das kommt vom Flüstern«, schimpfte Jakob, als er es bemerkte: »Du mußt größer zeichnen, auf das ganze Papier, sonst wirst du nie erwachsen!« Erika übertrug daraufhin die Zeichnung langsam und bedächtig in die Mitte des Blattes. Aber sie hat nur den Sessel, auf dem er saß, größer gezeichnet.

Jakob setzt seine Brille wieder auf, der Teller wurde schon abserviert. Eigentlich ist der Vater damals noch nicht gestorben, sie haben nur aufgehört, eine Familie zu sein.

Jakob wird Kathi fragen müssen, was ein »richtiger Mann« ist. Aber der »neue Mann« ist wahrscheinlich auch nur eine Erfindung der Männer. Weil Frauen nur tuscheln und kichern, bleibt weiterhin die Beurteilung, also der Status quo, bei den Männern.

Die unrasierten Männer am Nebentisch sind noch am ehesten solche Lustobjekt-Exemplare, sorgsam unrasiert und sorgsam unfrisiert. Einer fächelt mißbilligend Jakobs Pfeifenrauch aus dem Umfeld seines Laptops, seine vollen Lippen werden noch voller. Sie wirken beide sehr gesund und sehr wichtig. Als ob Vitamine und Proteine sie auf eine höhere Ebene versetzten. Jakob pafft zornig, heftiger als nötig an seiner Pfeife, so daß sich der Pfeifenkopf in seiner Hand jäh erwärmt. Und dabei machen sie nur Streß. Er blättert rasch vor in der

Zeitung, bis zum Kreuzworträtsel: »Heftiger Windstoß!«

Eigentlich wollte er nur ein Mineralwasser bestellen, ruft jetzt selbst erstaunt: »Ein Cola, mit Almdudler aufgespritzt!« über den frischgepreßten Orangensaft vom Nebentisch hinweg. Diese Grenze, die er zu dieser Generation zieht, betrachtet er als eine gelungene Genugtuung. Er beschließt, Kathi mit einem öden Wettergespräch zu strafen.

24

Jakob grüsst aufmerksam, gewissenhaft bei jedem Zusammentreffen den Zeitungskolporteur, den Verkäufer und andere, die er nicht auf Anhieb zuordnen kann, denen er nur eben regelmäßig zur selben Zeit am selben Ort begegnet. Jakob markiert mit dem Gruß seinen Bezirk. Er kennt sie alle gut, die, die er dreimal grüßen muß, damit sie eine Antwort geben, seinen Gruß bedanken. Unaufdringlich sieht er in die Augen, unaufdringlich grüßt er, auch die, die unaufdringlich wegsehen, täglich, als wäre ein Gruß für sie schon verbindlich. Er grüßt die Hausmeisterin von Nummer 22, die ihm neulich beim Kaffeesieder einen Witz erzählte, über eine Frau, die so häßlich war, daß die Vögel die Kirschen zurückbrachten, dann lachten sie gemeinsam, und nun grüßt sie nicht zurück. Es gibt Menschen, für die das Grüßen eine Machtfrage ist. Sie starren einen an, man kommt sich näher, immer näher, sie starren provozierend und machen den Mund nicht auf, zumindest nicht zuerst. Für Jakob ist das kein Problem, er knüpft beharrlich sein soziales Netz, in dem ab und zu ein Gespräch hängen bleibt. Ein alleinstehender Mensch muß das so machen, er muß bei jeder Witterung auf der Straße sein, er muß bei schlimmstem Glatteis seine Milch beim Greißler holen. »Wieso müssen die Alten bei diesem Wetter raus und sich die Knochen brechen?!« Fragen tadelnd die Statistik und die Unfallchirurgie. Wegen der Einsamkeit, denn oft kann die eigene Wohnung viel gefährlicher sein! Je schlechter das

Wetter, um so leichter kommt man ins Gespräch. Das Wetter ist ein Thema, das sozusagen vom Himmel fällt. Ein wunderbares Thema. Nicht, daß es wirklich wunderbar wäre, es ist eher sonderbar, welchen Stellenwert das Wetter auch in den Medien erhalten hat, obwohl es letzten Endes doch nur sonnig, regnerisch oder bewölkt sein kann. Das Problem scheint zu sein, daß es so, wie es gerade ist, ungelegen kommt.

Bei bestem Vorsatz, nie wieder über das Wetter reden zu wollen, tappt Jakob beim ersten Schritt aus dem Haus in die Falle, denn es ist schon wieder so, oder immer noch nicht, oder noch immer. Auf jeden Fall dauert es schon zu lange, und kaum einer, mit dem man spricht, kann sich daran erinnern, daß es früher auch schon so war; abgesehen davon, daß früher sowieso alles besser, ungefährlicher, sauberer und ehrlicher war. Irgend etwas tut sich.

Andere Passanten, auf die er trifft, spielen das Spiel: »Ich weiche nicht aus, du Arschloch.« Das ist ein Machtspiel, das Unbekannte, Fremde spielen. Sie kommen auf Jakob zu, fassen ihn von weitem ins Auge und machen Luft aus ihm; oder andere, die nicht minder aggressiv verfahren, nur verschlagener, die sich die größte Mühe geben, in Gedanken vertieft zu wirken. Hoppla, die Macht als Zufall. Jakob gibt nach, er muß sich nicht beweisen, nicht so en passant.

Er bleibt vor der Albertina stehen, läßt sich das Gesicht von der Sonne bescheinen. Unter den Wimpern beobachtet er die Fiakerpferde, die Kutscher, in ihrer folkloristischen Aufmachung, die Touristen, die den Bussen entsteigen und zu dreißig oder vierzig unentschlossen neben dem Bus den Gehsteig blockieren. Sie wirken aufgeregt, warten auf das Signal, das aus Wartenden Sehende macht. Jakob ist wieder Fremdenführer, er memoriert: Oper, Baubeginn 1861, am 25. Mai 1869 mit Mozarts »Don Giovanni« eröffnet, Fassungsvermögen 2209 Personen. Albertina, beherbergt die weltgrößte Sammlung an Graphiken, Handzeichnungen und Holzschnitten, rund 40000 ... Ein Mann rempelt Jakob an, entschuldigt sich beiläufig.

»Das gibt es doch nicht!« ruft Jakob wachgerüttelt dem Mann nach. »Robert Schneidewind!« Robert Schneidewind bleibt stehen, kramt im Gedächtnis nach einem Namen. »Jakob«, sagt Jakob, »Jakob Sagmeister, ich kam in der Schule immer vor dir dran!«

»Ja. Sagmeister«, bestätigt Schneidewind.

»Du warst nicht beim Klassentreffen«, erklärt Jakob seinem ehemaligen Schulkollegen, was der selber weiß.

»Nein«, bestätigt Schneidewind abermals.

Schneidewind ist Banker oder Computerfachmann, irgend so etwas. Sie stehen einander gegenüber, keiner ist neugierig auf den anderen, der Augenblick wird langweilig.

»Wie klein doch die Welt ist!« sagt Jakob etwas Blödes. Eigentlich hätte er »Seltsam, daß wir uns in zwanzig, dreißig Jahren nicht öfter begegnen, da wir beide in Wien leben« sagen können, oder: »Nach dreißig Jahren treffen wir uns an derselben Stelle wieder, ist das nicht seltsam?«

»Zu klein«, antwortet Schneidewind, es klingt herablassend, weshalb er noch schnell grinst und zwinkert, um seine Bemerkung freundlicher zu hinterlassen. Er klopft schnell auf seinen Aktenkoffer, um dann grußlos zu verschwinden. Roberts Grinsen war immer schon eine aggressive Äußerung, weil aber das Lächeln an sich entwaffnend ist, als ein sozial positives Signal ausgelegt wird, war er trotz seiner Überheblichkeit überdurchschnittlich beliebt. Vielleicht ist das die Kunst des Beiläufigen, sinniert Jakob.

Er geht wieder zurück auf seinen Sonnenplatz vor dem Albrechtsbrunnen. Vielleicht hat Schneidewind sich auch plötzlich an ihre letzte Begegnung erinnert, damals war er merklich in einer Krise. Jakob wendet sein Gesicht der Sonne zu, er schließt wieder die Augen. Sie trafen einander zufällig vor der Albertina, der eine ging, der andere kam aus der Nationalbibliothek. Da nahm Schneidewind schonungslos Jakob zur Seite und schüttete ihm unaufgefordert sein Herz aus. Der angeberische Ton seiner Stimme, den er nun wiedererlangt zu haben scheint, war gebrochen: »Was hätte ich damals getan?!« splitterte die Stimme: »Fragst du dich das nie, Jakob? Ich wäre nie Mitläufer gewesen, ich hätte in vorderster Linie die Schweinereien gemacht! Ich war immer ein Streber, ich wäre es auch damals gewesen!« Schneidewind war im Rahmen irgendwelcher Recherchen über den Zweiten Weltkrieg zu lokalen Details vorgestoßen und fühlte sich plötzlich unausweichlich involviert. Sie waren damals beide neunzehn Jahre alt, und mit neunzehn ist man sehr erwachsen, so erwachsen wird man nie wieder. Er war erschüttert von seinen Ängsten, war wirklich verzweifelt, sprach von Selbstmord, weil er so ein Schwein hätte werden können, und manövrierte sich schließlich elegant durch sein Selbstmitleid in eine Opferrolle.

Als Kind, noch in der Unterstufe, ist er ein Held unter den Gleichaltrigen gewesen. Er hatte jahrelang auf

Waffen geschlafen: »Auf langen, harten Gewehren, das formt ein Leben lang«, die sein Vater nach dem Krieg unter den Matratzen versteckte. Die besten Freunde durften sie mit eigenen Augen bei ihm zu Hause besichtigen. Jakobs Mutter hatte zehn Liter Weihwasser aus Lourdes im Keller, aber damit konnte er niemanden zu sich nach Hause locken.

Damals, vor der Albertina, öffnete Schneidewind den Abgrund seiner Charakterlosigkeit. Machtlos hätte er sich gefühlt vor dem gesunden Volksempfinden, wie er sagte. Und was würde geschehen, wäre man wieder aufgerufen, ein Volk zu sein! Aber auch nach diesen Eingeständnissen sagte Jakob nichts von dem Weihwasser, von seinem Geheimnis, das er hütete; von seinem Erbe.

Gedanken zu irgendeiner kollektiven Schuld oder so hat Jakob sich nie gemacht, auch nicht, wenn ein Jude in der Diskussionsrunde war, der das Leid gepachtet zu haben schien. So wie das gesunde Volksempfinden mit vitaler Rechtschaffenheit protzt, wie eine Rafflesia, eine Schmarotzerpflanze, die sich die maßlose Extravaganz einer schönen riesigen Blüte leistet, die aber wie ein toter Fisch stinkt und deshalb nur Schmeißfliegen anlockt, so ist auch das Opfergetue der Juden bis ins letzte lebende Glied reine Selbstüberschätzung. Die Opfer machen Schuldgefühle, und die Kinder und Enkel der Opfer machen weiter Schuldgefühle, aber dafür ist Jakob nicht verantwortlich. Sogar die jungen Juden in Israel verstehen das Lämmerverhalten ihrer Ahnen in Europa nicht. Aber so etwas kann Jakob nicht sagen, und Schneidewind kann das auch nicht sagen, und nur deshalb klagte er: Er hat zwar nicht, aber er hätte können. Eine perfide Opferrolle, eine ausgeklügelte Möglichkeit, sich an die Brust der Absolution zu werfen. »Man hätte mich vergast«, kann ein junger Jude, wenn ihm die Argumente ausgehen, voll Selbstmitleid in einer Runde enthüllen, auch ohne einen der Gesprächspartner zum Täter machen zu wollen, und darauf sagt Schneidewind unter Tränen: »Ich hätte es gemacht.« Und das wäre dann der Beginn einer wunderbaren Freundschaft.

Falsch, wahr, existentiell? Fragen stellt man sich nur in Friedenszeiten. Jetzt endlich bricht die Touristengruppe auf in Richtung Ring, Jakob weicht aus vor der sich bewegenden Menge. Schneidewind gewinnt weiterhin mit einem Grinsen alle Herzen, weil er auf Waffen schläft und sich Vorwürfe macht, und Jakob bleibt weiterhin allein mit seinem Neid, weil er sich nicht einmal involviert fühlt.

25

Ein Spaziergang in der Morgendämmerung wirkt sich positiv auf deinen Hormonhaushalt aus«, fällt Jakob die eine Weisheit ein, mit der man ihn zu Unzeiten um irgendeinen Frühstücksbestandteil loszuschikken pflegte. Aber weder das eine noch das andere ist heute der Grund, wieso er um Viertel nach fünf in der Früh durch die Straßen geht.

Die wenigen Nachtschwärmer vermischen sich mit den Frühaufstehern. Ein zurückgelassenes Glas Campari steht im Trichter der Häuserzeilen, wird vom sich anhebenden Tag geleert. Und genau da rammt der Tag auf allen Ebenen gleichzeitig die Nacht. Die Vögel schreien mit einem Mal auf bei dieser Wachablöse. Es ist der Schnittpunkt, die Überlagerung, die Umkehr von Ruhe zu Aktivität.

Der Geruch vom schließenden Würstelstand wird von vorbeieilenden Rasierwassern und Parfums verdrängt, die noch Schlaflosen werden von Taxis eingesammelt, die Müllabfuhr und die Straßenkehrer retuschieren die Spuren des Lebens, die Wecker werden abgestellt, die dunklen Flächen in den Wänden werden nach und nach erleuchtet, die Blumenvasen aus den Fenstern genommen, das Rauschen der Stadt, der weiße Lärm hebt an.

Jakob beobachtet aufgeregt, daß er als Frühaufsteher in eine Frauenwelt aufwacht. Auf jeden Nachttrunkenen kommt eine Gruppe Putzfrauen, hinter jedem frühschichtigen U-Bahn-Fahrer steht eine Frau. Das ist es, denkt er, die Frauen sind für den Großteil des Alltags verantwortlich, sie stellen den Wecker, und sie stellen ihn auch wieder ab, sie machen das Frühstück und wecken den Rest der Familie, oder sie stehen noch ein bißchen früher auf, um ein Stündchen für sich selbst zu rauben.

Aus einem offenen Fenster hört er einen Wecker läuten, der sogleich abgestellt wird. Darum werden Wecker schließlich angeschafft, um abgestellt zu werden. Deshalb hat auch jeder seinen individuell unangenehm klingelnden, piepsenden, läutenden Wecker, den er gegen seine Natur einsetzen kann, der den Versuch des Schlafes, das Weckgeräusch in einen geeigneten Traum zu ziehen, unterbindet.

Einen Wecker, der durch seine Dauer und Penetranz den Rahmen jeder Traumsequenz sprengt, hat sich auch Hansi Lauterböck gekauft, der Verkaufsleiter eines entlegenen Supermarktes, der die Wohnung unter Jakob bewohnt.

Es tat dem Hansi schrecklich leid, als Jakob zum erstenmal das Tönen des verwaisten Weckers aus Hansi Lauterböcks Wohnung beklagte. Eine volle Stunde lang stopfte sich Jakob Watte in die Ohren, drehte das Radio auf, um das Geräusch zu überlagern, schirmte seinen Kopf mit Kissen und Tuchent ab. Der Ton, der jede Sekunde erklang, schien trotzdem von Mal zu Mal lauter. Es war eine Marterstunde, eine Verwüstung der Sinne. Die Watte in Jakobs Ohren speicherte den Schall wie Wärme, die langsam zur Hitze anschwoll und dann das Geräusch auf seinem Trommelfell, wieder in Einzelteile zertrümmert, wie Popcorn aufplatzen ließ. Die Schallwellen krochen durch die Dunkelheit die Wände entlang zu seinem Klappbett, wie Stromstöße.

Hansi brachte Jakob am nächsten Tag eine Flasche Wein und das Versprechen, besser achtzugeben. Nicht nur achtzugeben: »Nie wieder«, hatte er gesagt: »Da können Sie sicher sein!« Ein Mann, ein Wort, ein Hansi, ein Worti. So sieht es nämlich aus, wenn sich ausgewachsene Männer durch ein angehängtes i selbst verniedlichen, dann muß Jakob durch die erwachende Stadt irren und sich womöglich einreden, daß er etwas Besonderes erlebt!

»Sie wissen, wie das ist, die Nachtschicht kann man nicht immer voraussehen. Hehehe«, gestand Hansi verbrüdernd und unmißverständlich zweideutig beim Glas Wein, zu dem Jakob ihn eingeladen hatte. Dabei entblößte er seinen tätowierten Bizeps und ließ einige Male einen grünroten Käfer, der auf dem Muskel saß, sich spannen. Dann wischte er selbstzufrieden mit der Hand über die Wölbung: »Das kann nur der Burny. Der weiß genau, wo er ansetzen muß, damit der Apparat lebt! Zum Burny mußt du gehn ...«

Ein Stiegenhaus wird erleuchtet, ein Haustor quietscht, ein Mensch tritt eilig auf die Straße. Erstaunlich viele Raucher sieht man um fünf Uhr dreißig in der Früh.

Jakob biegt ab zum Josefstädtertheater, hier hat er einmal einen Seidenschal gefunden. Seine tägliche Suche nach Fundstücken wird von der theatralischen Auflösung einer Verlobung angespornt:

Ein Pärchen steht vor dem Eingang zur Oper.

»Da hast du deinen blöden Ring!« Schreit die sehr gut angezogene Frau wutentbrannt und streift den Diamantring von ihrem Finger.

»Reg dich nicht auf.« Versucht der Mann besänftigend auf sie einzuwirken.

»Ich reg' mich aber auf!« Artikuliert sie ganz ruhig und schleudert den teuren Ring von sich.

Das ist eine Erinnerung, die er längst mit einem Filminhalt vermengt hat, aber irgendwo muß der Ring ja liegen. Der Gehsteig ist aufgerissen und mit Brettern verdeckt. Wer die Vorstadtlagerhäuser und Supermärkte als Verstümmelungen der Stadt ansieht, hat die Stadt in ihrer bodenlosen Vereinsamung noch nicht gesehen. Den ganzen Tag läßt sie sich bestaunen und fotografieren, dann breitet sie sich wohlig aus am Abend, spreizt noch die Beine, aber am Morgen ist sie ungeschminkt bis aufs Skelett, kein Treiben, kein Lachen, keine Farben. Nur das Zittern aller Glieder sind die paar verhallenden Schritte, die Schatten, die man zu sehen glaubt. Die am Abend ersäuften Begierden schlagen am nächsten Tag zurück.

Wenn nämlich die Nacht bloß die Rückseite des Tages ist, dann ist die Peinlichkeit, mit der man den Träumen anderer begegnet, eine verständliche Reaktion, und dann war auch Vaters Ärger über die morgendlichen Gehirngespinste der Mutter nur eine selbstverständliche Reaktion. Er fühlte sich provoziert, weil das vom Tag Zurückgewiesene aus der Stille des Schlafes zurückkehrte.

Jeden Morgen erzählte die Mutter unerbittlich ihren Traum. Unbeirrt vom erbosten Vater, als müßte sie durch das Bloßstellen ihrer Nachtperson ihre Tagespersönlichkeit wiederherstellen. Sie sprach zwar hastig und erregt, aber beharrlich gegen die Gleichgültigkeit an, und ihr Eigensinn zeigte sich bald schäumend als Speichel in den Mundwinkeln. Zuerst bildete sich nur ein weißer Rand, der von beiden Seiten zur Mitte strebte und die Öffnung markierte. Dann schwoll er an zu kleinen Bläschen entlang des Lippenspaltes und bildete kleine Fäden beim Öffnen und Schließen des Mundes, wie eine zu lose zugenähte Wunde. Jakob wartete schon immer ungeduldig, leicht abgewandt, bis sie die Spucke mit der Zunge in den Mund zurückzog.

Die Mutter war am Morgen klebrig und ungewohnt selbstbewußt, als ob es tatsächlich möglich wäre, jeden Morgen neu zu beginnen! Da der Vater aber nur die eine Realität akzeptierte, in der er Direktor war, verweigerte er ihren Träumen das Gehör. Er war zu Hause der bestimmende Zensor, der die Tatsachen diktierte, unerbittlich, wie nunmehr die Medien. Deshalb blieb sie den übrigen Tag auch unsichtbar.

Jakob schlug sich stumm auf Vaters Seite; es schien ratsam, sich aus Mutters absurden Geschichten herauszuhalten, die peinlich oder kränkend waren, auch weil er einbezogen wurde, weil sie ihm Dinge unterstellte, über die er schwieg, oder weil sie ihn zu einem machte, der er höchstens hätte werden wollen. Die Mutter spielte mit Möglichkeiten, die nicht möglich waren, sie übte Gewalt aus. Abschließend fragte sie den Vater stereotyp: »Wie erklärst du dir das?« …

Und wenn es auch nur die Rückseite des Tages ist, dann war die Mutter im Grunde die Starke, die Gewinnerin. Denn die Münze gewinnt immer, wenn sie geworfen wird, sie fällt, egal, worauf man gesetzt hatte. Und die Mutter setzte auf die Nacht, aber sie war auch die Münze.

Als es die Eltern noch gab, endete das Frühstück immer im Streit. Jahrelang glaubte Jakob, daß nicht alle Menschen träumten; vielleicht nur Frauen, vielleicht auch nicht alle.

Früher, wenn er etwas in sich zum Schweigen brachte, dann kam es irgendwann abrupt über ihn, aber höchstens wie ein schlechter Geschmack, den er rasch hinunterschluckte. Deshalb sehnte er sich nach einem Verlies für Gedanken, für einen reibungslosen Alltag. Durchlöchert wie ein Poolbillardtisch spielt er aber Karambole. Jakob kennt sein Schicksal. Das Zurückgedrängte verflüchtigt sich nicht heilend in der Nacht.

Mutters nasse Augen und nasse Küsse und nasse Hände waren ihre Attribute, und ihre Zeiten waren der Morgen, die Teestunde und das Neujahr. Nie sagte sie einfach: »Jakob, ich möchte, daß du …«, sie überflutete alles mit ihrer Feuchtigkeit.

Und wenn der Vater am Morgen die Situation für sich beendete und ging, überfiel sie Jakob mit dunkler Heftigkeit, mit stummen Vorwürfen und erdrückenden Handlungen. Er mußte ihr zuhören und sie dabei ansehen, er mußte ihr feuchtes Taschentuch ertragen, den Geruch und die Nässe, wenn sie ihm um den Mund wischte, wenn sie lächelnd: »Mein kleiner Großer« sagte, oder dann bei anderen Gelegenheiten beteuerte: »Aber du verstehst mich.«

Zu Neujahr schluchzte sie hemmungslos. Jedes Jahr wurde mit ihrem Weinen eingeleitet. Keiner wußte, ob sie um das alte Jahr trauerte oder schon für das neue weinte. Vater verließ voll Verachtung die Küche, und sie weinte dann Jakob die Haare naß. Frauen brauchen das, das hat Jakob später noch bestätigt bekommen. Frauen weinen gerne, sogar lieber, als daß sie Probleme besprächen, Auswege suchten. Sie weinen, sie wollen gehalten werden und sonst nichts, und dann weinen sie erleichtert weiter. Ewigkeiten später seufzte die Mutter tief, wischte die Tränen mit ihrer Schürze ab, schaute mit diesen schrecklichen Augen, nicht weil sie so rot waren, sie waren nackt, wie gerupfte Hühner, nur eben noch lebendig, lange in Jakobs Augen und entließ ihn ins neue Jahr.

Es waren sicher Stunden, in denen der Überlebenstrieb der Mutter ihre Persönlichkeit zurückdrängte. Oder sie erst formte? Sonst kann man ja dieses Zerren am Leben kaum beobachten. Man sieht nur, was zwischendurch passiert. Man läßt sich die Zähne richten, läßt sich beleidigen, nimmt Tabletten, geht zu Huren, studiert die Postwurfsendungen, kauft Sonderangebote, steht immer in der langsameren Schlange, läßt sich operieren, liest Klappentexte von Büchern, sieht auf die Uhr.

Es ist sechs Uhr vorbei, Zeit, nach Hause zu gehen, um mit dem neuen Tag zu beginnen.

26

Mein Leben sind Tage, von Nächten zusammengehalten«, ist der einzige Satz in Jakobs Tagebuch, am Kopfende der ersten Heftseite. Lange hatte er damals über einem passenden Satz gebrütet, einer Konklusion, aus der er dann die Details auffächern wollte. Dieser Satz, den er letztlich niederschrieb, blockierte seine weiteren Gedanken, er wußte ihm nichts mehr hinzuzufügen. Jakob sucht die Füllfeder, mit der er den Satz geschrieben hatte. Er drückt die Federspitze auf das Papier, der Spalt verbreitert sich, aber die Kapillarwirkung kommt nicht zum Zug, die Tinte ist eingetrocknet. Er füllt den Tintenbehälter nach.

»Mein Leben sind Tage, von Nächten zusammengehalten«, streicht er mit zwei parallelen Strichen durch und schreibt kurz entschlossen darunter: »Das Leben ist nur ein Teil des Lebens.« Dann reißt er die Seite heraus und legt sie auf den kleinen Stapel Briefe und Fotografien, die er zusammengesucht hat. Erinnerungsstücke, die er in der Wohnung verwahrte, weil man aus irgendwelchen Gründen Briefe und Fotografien aufhebt, auch ohne sie jemals wieder zu lesen oder zu betrachten.

Sein Blick von vor dreißig Jahren blitzt ihm vom Stapel entgegen, und Jakob sieht das Abseitige seines Lebens, nicht den festgehaltenen Augenblick. Er sieht vielleicht ein Aufbegehren, aber dann nur noch, was sich nicht ereignet hat.

Das Betrachten konservierter Erwartungen zertrümmert alle Hoffnung, es stellt die Zeitspanne in Frage. Und die Fotografie verdunkelt überdies den Blick auf die Gegenwart. Wahrscheinlich sind deshalb die Wohnungen alter Frauen mit verblichenen Fotografien verhängt, um das Erfassen des Daseins abzudunkeln. Es sind Museen ungelebter Möglichkeiten, Wände, die nur von Fotografien zusammengehalten werden, die einen Großteil der Lebensenergie mit dem Anblick, einem gefügigen Jaja und dem Abstauben binden. Die verbleibende Lebenskraft nutzen sie zum Ordnen der angehäuften Gegenstände, einzig zu dem Zweck, das Chaos aufrechtzuerhalten. Sie laufen emsig kilometerweit auf ihren paar Quadratmetern und strukturieren ihre Persönlichkeit immer wieder neu. Die Geburtsurkunde vom Großvater ... Imprägniermittel ... wo sind eigentlich die Handschuhe, die ich damit ... das Tischtuch habe ich auch noch nie verwendet, aber es paßt nicht zum Service ... ich habe mir doch einen Zettel geschrieben, wem ich es schenken wollte ... am Dachboden müßte noch die Lokomotive von Georg sein ... warum der Junge so selten anruft ... den Hut habe ich gern getragen, ob ihn die Barbara ... jetzt wüßte ich gerne, ob die Batterien noch in Ordnung sind ... den Lungenbraten für morgen habe ich zu bestellen vergessen ... wo dieser Silberlöffel wohl dazugehört ...

Und dann, nachdem der Entrümpelungsdienst seine Arbeit gemacht hat, bleibt alles auf den Flohmärkten liegen, zwischen Unverkäuflichem und Nutzlosem. Jahrelang gepflegte Stammbäume, Familienchroniken werden nun überdeutlich zum Familienmüll, weil niemand mehr da ist, sich zu erinnern, oder weil sich keiner mehr erinnern mag; wozu auch.

Auch das alte Fotoalbum, das Jakob nach einem aufgelösten Flohmarkt mitgenommen hatte, um es vor den Straßenkehrern zu retten, legt er jetzt auf seinen Stapel.

Aus einer Wohnung im oberen Stockwerk hört er zaghaftes Hämmern, als ob jemand etwas zerstörte, das er nicht gänzlich zerstören möchte. Neue Mieter werden einziehen, Jakob hat sie schon gesehen, als sie im Stiegenhaus eine Flasche Sekt entkorkten. Sie ist hochschwanger, stand breitbeinig auf dem Treppenabsatz und setzte die Flasche gerade an: »Wieder so eine, die ins Leben beißt wie in eine Semmel«, dachte Jakob, von dem Mann hat er nur die Turnschuhe gesehen. Jakob wird sich an neue Geräusche gewöhnen müssen.

In der eigenen Wohnung wird man zum Ohrenmenschen.

Jakob legt den Stapel Erinnerungen in ein Blechlavoir und zündet die Briefe, die zuunterst liegen, an. Die Gegenstände, mit denen man lebt, sogar sein schwerer Wandschrank, werden durchsichtig mit der Zeit, der banalste Gedanke hat die Kraft, alles zweidimensional einzuebnen. Nur Geräusche sind Zwischenfälle im Alltag. Er wendet den Kopf: »Wo?« – »Was könnte es gewesen sein?«, tritt ans Fenster oder geht zur Tür. Wenn nicht gerade ein Umzug stattfindet, erkennt er an bestimmten Geräuschen nicht nur, wer was macht, er kann beinahe die Uhr danach richten. Jakob weiß im Endeffekt viel mehr von den Nachbarn, als sie in langen Gesprächen je preisgeben würden.

Die Flamme im Blechbehälter verlöscht immer wieder, was ärgerlich viel Rauch erzeugt. Das Fenster will Jakob aber nicht öffnen, damit die wenigen schon veraschten Teilchen sich durch die Luftbewegung nicht doch noch im Zimmer einnisten. Der ganze Verbrennungsvorgang macht ihn unruhig. Kleine Schweißperlen rollen aus den Achselhöhlen die Seiten entlang, hinunter ins Hemd, das ordentlich im Hosenbund steckt. »Vor der Zeit erloschen«, schießt ihm durch den Kopf, begleitet von einem Anflug des Zweifels, der aber so schnell ist, daß er keine Worte, nur ein Gefühl hinterläßt. Im Alter von sieben Jahren hatte er den Zweifel zum erstenmal verspürt, aber auch damals nur gefühlt und nicht benennen können. Es war nach der ersten Beichte; sie sollte ihn engelsleicht und fliegen machen, wie der Religionslehrer versprach, aber Jakob hatte sich beim Beweisantritt, am Kirchenplatz, nur die Knie aufgeschlagen.

Zusehends verwandeln sich die Briefe und Fotografien in dem Blechbehälter zu einer mittleren Schweinerei. Kleine Ascheteilchen, durch die Wärme des immer wieder ausgehenden und neu entzündeten Feuers, fliegen nun doch herum. Im Zentrum sind die Briefe und Fotografien bereits zu einem Klumpen verschweißt. Ein Teil des Lebens, ein Teil des Teiles ist verbrannt und gehört nun zum Unwiederbringlichen, wie der hoffnungsvolle Blick auf einer Fotografie, die außer Jakob keiner kennt.